SV

Band 113 der Bibliothek Suhrkamp

Albert Camus
Der Fall

Roman

Suhrkamp Verlag

Titel der französischen Originalausgabe:
La Chute
Deutsch von Guido G. Meister

46. und 47. Tausend 1977
Lizenzausgabe mit freundlicher Genehmigung des Rowohlt Verlags
GmbH, Reinbek bei Hamburg. © Rowohlt Verlag GmbH, Hamburg
1957. Copyright der Originalausgabe © Librairie Gallimard, Paris 1956.
Alle deutschen Rechte vorbehalten vom Rowohlt Verlag GmbH, Reinbek bei Hamburg. Printed in Germany. Satz in Linotype Garamond
von G. Wagner, Nördlingen. Offsetdruck von Nomos Verlagsgesellschaft, Baden-Baden.

Der Fall

Darf ich es wagen, Monsieur, Ihnen meine Dienste
anzubieten, ohne Ihnen lästig zu fallen? Ich befürchte
sehr, daß Sie sich dem ehrenwerten, über den Ge-
schicken des Etablissements waltenden Gorilla nicht
werden verständlich machen können. Er spricht nämlich nur Holländisch. Sofern Sie mich nicht ermächti-
gen, Ihre Sache zu vertreten, wird er denn auch nie
erraten, daß Sie einen Wacholder wünschen. So, nun
darf ich wohl hoffen, daß er mich verstanden hat;
sein Kopfnicken scheint mir darauf hinzudeuten, daß
meine Argumente ihn überzeugt haben. In der Tat,
er setzt sich in Bewegung, er beeilt sich mit weiser Be-
dächtigkeit. Sie haben Glück, Monsieur, er hat nicht
gebrummt. Weigert er sich nämlich, einen Gast zu
bedienen, so genügt ein Brummen, und keiner bringt
seine Bitte ein zweites Mal vor. Es ist das königliche
Privileg der Großtiere, jeder Laune nachgeben zu
dürfen. Aber ich will Sie nicht weiter stören, Monsieur. Es war mir ein Vergnügen, Ihnen behilflich zu
sein. Tausend Dank; wenn ich sicher wäre, Sie nicht
zu behelligen, würde ich gerne annehmen. Zu gütig
von Ihnen. Ich werde mich also mit meinem Glas zu
Ihnen setzen.

Sie haben recht, seine Einsilbigkeit ist geradezu ohren-
betäubend. Sie gemahnt an das pralle Schweigen des
Urwalds. Ich wundere mich bisweilen darüber, wie
hartnäckig unser wortkarger Freund es verschmäht,

sich der Sprachen der zivilisierten Menschheit zu bedienen. Besteht doch sein Beruf darin, in dieser, übrigens aus unerfindlichen Gründen *Mexico-City* getauften, Amsterdamer Kneipe Seeleute aus aller Herren Länder zu bewirten. Bei einer solchen Aufgabe läge doch wohl die Befürchtung nahe, daß diese negative Einstellung ihm hinderlich sein könnte, finden Sie nicht auch? Stellen Sie sich einmal den Menschen von Cro-Magnon als Kostgänger im Turm von Babel vor! Er würde sich, gelinde gesagt, verloren vorkommen. Wohingegen dieser hier nichts von seiner Fremdheit spürt, sondern unbeirrt seines Weges geht und sich von nichts anfechten läßt. Einer der wenigen Sätze die ich aus seinem Mund vernommen habe, lautete: »Wer nicht will, der hat gehabt.« Worauf war diese Alternative gemünzt? Zweifellos auf unseren Freund selber. Ich muß offen zugeben, daß ich mich von solchen Geschöpfen aus einem Guß angezogen fühle. Hat man von Berufs wegen oder aus innerer Neigung viel über den Menschen nachgedacht, so verspürt man zuweilen eine gewisse Sehnsucht nach anderen Primaten. Sie wenigstens haben keine Hintergedanken.

Was unseren Gastgeber betrifft, so hegt er freilich deren mehrere, wenn er sich ihrer auch nicht klar bewußt ist. Da er das in seiner Gegenwart Gesagte selten versteht, hat sein Charakter etwas Mißtrauisches bekommen. Daher auch die argwöhnische Steifheit seines Gebarens, als habe er zumindest den Verdacht, daß bei den Menschen irgend etwas nicht ganz stimmt. Durch diese Eigenart wird jede Unterhaltung über nicht seinen Beruf betreffende Dinge einigermaßen erschwert. Sie sehen zum Beispiel über seinem Kopf auf der hinteren Wand ein leeres Rechteck, das die Stelle anzeigt, wo früher ein Bild hing. In der Tat befand sich dort ein Gemälde, ein ganz besonders interessantes sogar, ein wahres Meisterwerk. Nun, ich war dabei, als der Herr des Hauses es in Empfang nahm, und auch, als er es weggab. Beides erfolgte mit dem gleichen Mißtrauen und erst nach wochenlangem innerem Hin und Her. In diesem Punkt hat der Umgang mit den Menschen, das läßt sich nicht abstreiten, die unverbildete Einfalt seines Wesens etwas beeinträchtigt.

Wohlgemerkt, ich richte ihn nicht. Ich betrachte sein Mißtrauen als begründet und würde es gerne teilen, stünde dem nicht, wie Sie sehen, meine mitteilsame Natur im Wege. Ich bin leider ein redseliger Mensch und schließe leicht Freundschaft, wobei mir, obwohl ich den gehörigen Abstand zu wahren weiß, jede Gelegenheit recht ist. Als ich noch in Frankreich lebte, konnte ich nie einem Mann von Geist begegnen, ohne daß ich sogleich vertrauten Umgang mit ihm gepflogen hätte. Ach, ich sehe, daß diese etwas umständliche Formulierung Ihnen auffällt! Nun, ich bekenne meine Schwäche für eine gewählte Ausdrucksweise und eine gehobene Sprache überhaupt. Sie dürfen mir glauben, daß ich mir diese Schwäche selbst zum Vorwurf mache. Ich weiß natürlich, daß das Tragen feiner Wäsche nicht unbedingt schmutzige Füße voraussetzt. Immerhin, gepflegter Stil und Seidenhemden haben miteinander gemein, daß sie nur allzu oft einen häßlichen Ausschlag verbergen. Aber ich sage mir zum

Trost, daß die Leute mit Zungenschlag letzten Endes ebenfalls nicht rein sind. Ja gerne, lassen wir uns noch einen Wacholder kommen.
Gedenken Sie längere Zeit hierzubleiben? Eine schöne Stadt, dieses Amsterdam, nicht wahr? Faszinierend, sagen Sie? Ein Wort, das ich lange nicht mehr gehört habe. Genau gesagt, seitdem ich aus Paris fort bin, also seit Jahren. Aber das Herz besitzt bekanntlich sein eigenes Gedächtnis, und ich erinnere mich unserer schönen Hauptstadt und ihrer Quais noch in allen Einzelheiten. Paris ist eine wahre Fata Morgana, eine großartige Kulisse, die vier Millionen Schatten beherbergt. So? Nach der letzten Volkszählung sind es nahezu fünf Millionen? Na, dann haben sie eben Junge gekriegt. Das wundert mich übrigens nicht. Es wollte mir schon immer scheinen, unsere Mitbürger frönten zwei Leidenschaften: den Ideen und der Hurerei. Kunterbunt durcheinander, möchte man sagen. Hüten wir uns übrigens, sie zu verurteilen; sie stehen keineswegs einzig da, in ganz Europa ist man heute so weit. Manchmal suche ich mir vorzustellen, was wohl die künftigen Geschichtsschreiber von uns sagen werden. Ein einziger Satz wird ihnen zur Beschreibung des modernen Menschen genügen: er hurte und las Zeitungen. Mit welcher bündigen Definition der Gegenstand, wenn ich so sagen darf, erschöpft wäre.
Die Holländer? O nein, die sind bei weitem nicht so modern! Sie lassen sich Zeit, wie ein Blick Sie belehren wird. Was sie tun? Nun, diese Herren hier leben von der Arbeit jener Damen dort. Sie sind übrigens alle-

samt, Männlein und Weiblein, recht bürgerliche Kreaturen, die, wie so oft in solchen Fällen, aus Mythomanie oder aus Dummheit hier gelandet sind. Mit einem Wort, aus einem Zuviel oder Zuwenig an Phantasie. Ab und zu lassen die Herren ihr Messer oder ihren Revolver spielen, aber glauben Sie ja nicht, daß sie besonders darauf erpicht wären. Das gehört einfach zu ihrer Rolle; doch fällt ihnen das Herz in die Hosen, wenn sie ihre letzten Patronen verschießen. Was nicht hindert, daß ich sie moralischer finde als jene anderen, die im Familienkreis durch allmähliche Abnutzung töten. Ist Ihnen nicht aufgefallen, daß unsere ganze Gesellschaftsordnung sich auf diese Art des Liquidierens eingestellt hat? Sie haben bestimmt schon von jenen winzig kleinen Fischen in den Flüssen Brasiliens gehört, die zu Tausenden über den unvorsichtigen Schwimmer herfallen und ihn mir nichts dir nichts sauberbeißen, so daß nichts übrig bleibt als sein blankes Gerippe. Sehen Sie, genau so verhält es sich mit ihrer Organisation. »Du willst ein sauberes Leben? Wie jeder andere auch?« Selbstverständlich sagt man ja. Wie denn auch nicht! »Schön, du sollst gesäubert werden. Da hast du deinen Beruf, deine Familie, deine organisierte Freizeit.« Und die scharfen Zähnchen machen sich über das Fleisch her und beißen sich bis zu den Knochen durch. Aber ich bin ungerecht. Nicht *ihre* Organisation hätte ich sagen sollen. Letzten Endes ist es ja die unsere. Die Frage ist nur, wer wen säubert.
So, da kommt auch endlich unser Wacholder. Auf Ihr Wohlergehen! Ja, Sie haben richtig gehört, der

Gorilla hat den Mund aufgetan und mich Herr Doktor genannt. In diesen Breiten ist jedermann ein Herr Doktor oder ein Herr Professor. Man ist hier gern respektvoll, aus Gutherzigkeit, auch aus Bescheidenheit. Hier wenigstens hat man die Bosheit noch nicht zur Landesinstitution erhoben. Im übrigen bin ich nicht etwa Arzt. Wenn Sie es durchaus zu erfahren wünschen: ehe ich hierher kam, war ich Rechtsanwalt. Jetzt bin ich Buß-Richter.
Aber gestatten Sie, daß ich mich vorstelle: Johannes Clamans, ergebenster Diener. Es ist mir eine Ehre, Sie kennenzulernen. Sie stehen wohl im Geschäftsleben? So ungefähr? Ausgezeichnete Antwort! Und wie richtig! Sind wir doch alles nur so ungefähr. Sie erlauben, daß ich ein wenig Detektiv spiele? Sie sind so ungefähr in meinem Alter, Ihr Auge verrät die Erfahrung des Vierzigjährigen, der so ungefähr in allem Bescheid weiß, Sie sind so ungefähr gut angezogen, das heißt so, wie man bei uns eben angezogen ist, und Sie haben gepflegte Hände. Also ein Bürger, so ungefähr! Aber ein verfeinerter Bürger! Daß Sie bei etwas umständlichen Formulierungen die Brauen zusammenziehen, ist in der Tat ein doppelter Beweis Ihrer Bildung: einmal, weil sie Ihnen auffallen, und zum andern, weil sie Ihnen auf die Nerven gehen. Und schließlich finden Sie mich unterhaltsam, was, ganz ohne Eitelkeit gesagt, eine gewisse Aufgeschlossenheit des Geistes voraussetzt. Sie sind also so ungefähr... Aber was liegt schon daran? Mich interessieren die Sekten weit mehr als die Berufe. Erlauben Sie mir doch bitte zwei Fragen, aber beantworten Sie sie

nur, wenn Sie sie nicht indiskret finden. Nennen Sie Schätze Ihr eigen? Einige? Gut. Haben Sie sie mit den Armen geteilt? Nein. Sie sind also, was ich einen Sadduzäer nenne. Wenn Sie nicht bibelkundig sind, wird Ihnen das kaum etwas sagen. Doch? Die Bibel ist Ihnen also nicht unbekannt? Sie sind ganz entschieden ein Mensch, der mich interessiert.
Ich für mein Teil... Nun, urteilen Sie selber. Mein Wuchs, die breiten Schultern und das Gesicht, von dem mir oft gesagt wurde, es habe etwas Grimmiges, erinnern am ehesten an einen Rugby-Spieler, nicht wahr? Aber nach meiner Konversation zu schließen, muß man mir schon einen gewissen Schliff zubilligen. Das Kamel, das die Wolle zu meinem Mantel geliefert hat, war zweifellos räudig; dafür sind meine Fingernägel manikürt. Ich habe gleich Ihnen meine Erfahrungen gesammelt; nichtsdestoweniger eröffne ich mich Ihnen unbedenklich, einfach weil Ihr Gesicht mir gefällt. Und schließlich bin ich trotz meiner guten Manieren und meiner gewählten Sprache ein Stammgast der Matrosenkneipe von Zeedijk. Nein, nein, raten Sie nicht länger. Mein Beruf ist doppelter Natur, wie der Mensch, weiter nichts. Ich habe Ihnen bereits gesagt, daß ich Buß-Richter bin. Einfach ist an meinem Fall nur dies eine: ich habe keinerlei Besitz. Ja, früher war ich reich. Nein, ich habe nicht mit den Armen geteilt. Was beweist das schon? Daß auch ich ein Sadduzäer war... Hören Sie die Sirenen im Hafen? Heute nacht gibt es Nebel auf der Zuydersee.
Sie wollen schon aufbrechen? Verzeihen Sie, wenn

ich Sie aufgehalten haben sollte. Mit Ihrer gütigen Erlaubnis lassen Sie die Zeche meine Sache sein. Im *Mexico-City* sind Sie mein Gast, es war mir eine ganz besondere Freude, Sie hier empfangen zu dürfen. Morgen bin ich bestimmt wieder hier anzutreffen, wie übrigens jeden Abend, und dann werde ich Ihrer Einladung gerne Folge leisten. Welchen Weg Sie einschlagen müssen? ... Nun ... Hätten Sie etwas dagegen, wenn ich Sie der Einfachheit halber bis zum Hafen begleite? Von dort gehen Sie dann am besten um das Judenviertel herum und gelangen so zu den schönen Avenuen, auf denen die von Blumen und dröhnender Musik erfüllten Trambahnen fahren. Ihr Hotel liegt in einer dieser Straßen, dem Damrak. Bitte nach Ihnen. Ich selber wohne im Judenviertel; wenigstens hieß es so, ehe unsere hitlertreuen Brüder für Platz sorgten. Was für eine Säuberung! Fünfundsiebzigtausend deportierte oder ermordete Juden – das nennt man großes Reinemachen! Ich bewundere diese Gründlichkeit, dieses planmäßige, geduldige Vorgehen! Wer keinen Charakter hat, muß sich wohl oder übel eine Methode zulegen. Hier hat sie Wunder gewirkt, das steht ganz außer Zweifel, und ich wohne an dem Ort, wo eines der größten Verbrechen der Geschichte begangen wurde. Mag sein, daß gerade dieser Umstand es mir erleichtert, den Gorilla und sein Mißtrauen zu verstehen, und mir ermöglicht, gegen jenen natürlichen Hang anzukämpfen, der mich unwiderstehlich zur Sympathie neigen läßt. So oft ich ein neues Gesicht sehe, ertönt in meinem Innern ein Warnsignal: »Achtung! Gefahr!« Selbst

wenn die Sympathie sich als stärker erweist, bleibe ich auf der Hut.
Wenn Sie bedenken, daß in meinem Heimatdorf ein deutscher Offizier im Zuge einer Vergeltungsaktion eine alte Frau sehr höflich ersuchte, unter ihren beiden Söhnen denjenigen auszuwählen, der als Geisel erschossen werden sollte! Wählen sollte sie, können Sie sich das vorstellen? Diesen hier? Nein, den anderen. Und zusehen, wie er abgeführt wird. Lassen wir das; aber glauben Sie mir, Monsieur, man kann die unwahrscheinlichsten Dinge erleben. Ich habe einen Mann mit reinem Herzen gekannt, der sich weigerte, den Menschen zu mißtrauen. Er war ein Pazifist und Anarchist, seine unteilbare Liebe galt der gesamten Menschheit und der Tierwelt natürlich auch. Ganz fraglos eine erlesene Seele. Nun, während der letzten europäischen Glaubenskriege zog er sich aufs Land zurück. Über der Tür seines Hauses stand zu lesen: »Woher du auch kommen magst, tritt ein und sei willkommen.« Was glauben Sie, wer dieser hochherzigen Einladung Folge leistete? Ein paar Angehörige der französischen Miliz. Sie traten ein, ohne anzuklopfen, und rissen ihm die Gedärme aus dem Leib.
O Pardon, gnädige Frau! Sie hat übrigens kein Wort verstanden. – Wie viele Menschen zu so später Stunde trotz des seit Tagen anhaltenden Regens noch unterwegs sind! Ein Glück, daß es Wacholder gibt, er ist der einzige Lichtblick in all dieser Düsternis. Spüren Sie, was für ein goldenes, kupfriges Licht er in Ihnen anzündet? Ich liebe es, so wacholderdurchwärmt durch die abendliche Stadt zu schlendern. Ganze Nächte

durchwandre ich so, träume vor mich hin oder führe endlose Selbstgespräche. So wie heute abend. Doch ich fürchte, ich schwatze Ihnen die Ohren voll. Danke, Sie sind zu liebenswürdig. Es ist dies eine Art Sicherheitsventil; kaum daß ich den Mund auftue, fließt die Rede über. Dieses Land inspiriert mich übrigens. Ich liebe das Volk, das sich da auf den Gehsteigen drängt, eingezwängt in einen kleinen Raum zwischen Häusern und Wasser, eingekreist von Dunstschleiern, kaltem Land und einem wie ein Waschkessel dampfenden Meer. Ich liebe es, denn es ist doppelt. Es ist hier und es ist anderswo.
Gewiß doch! Wenn Sie die schleppenden Schritte auf dem glitschigen Pflaster hören, wenn Sie die Leute zwischen ihren von goldbraunen Heringen und herbstlaubfarbenen Schmuckstücken überquellenden Läden hin und her schlurfen sehen, sind Sie unwillkürlich überzeugt, all diese Menschen seien heute abend hier. Es geht ihnen genau wie allen anderen, Sie halten diese guten Leute für ein Volk von Bürgermeistern und Krämern, die ihre Aussichten auf das Ewige Leben nach der Zahl ihrer Taler errechnen und deren einzige lyrische Anwandlung darin besteht, breitkrempige Hüte tragend Anatomielektionen beizuwohnen. Weit gefehlt. Sie gehen neben uns her, das stimmt, und doch – schauen Sie bloß, wo ihre Köpfe sich befinden! In diesem Dunst aus Neonlicht, Wacholder und Minze, der sich von den roten und grünen Reklamen herabsenkt. Holland ist ein Traum, Monsieur, ein Traum aus Gold und Rauch, bei Tag eher rauchig, bei Nacht eher golden, und Tag und Nacht

ist dieser Traum von Lohengrins bevölkert, gleich jenen Gestalten dort drüben, die versonnen auf ihren schwarzen Fahrrädern mit den hohen Lenkstangen vorüberhuschen – Trauerschwäne, die ohne Rast noch Ruh im ganzen Land den Kanälen entlang die Meere umkreisen. Sie träumen, den Kopf in ihren kupfrigen Nebelschwaden verborgen, sie ziehen ihre Kreise; wie Schlafwandler beten sie im goldenen Weihrauch des Dunsts und sind nicht mehr hier. Über Tausende von Kilometern streben sie Java entgegen, der fernen Insel. Sie beten zu jenen fratzenhaften Göttern Indonesiens, die in allen ihren Schaufenstern prunken und die im gegenwärtigen Augenblick über uns dahinschweben, ehe sie sich, prachtliebenden Affen gleich, an die Schilder und Treppengiebel hängen, um diesen von Fernweh geplagten Kolonisten in Erinnerung zu rufen, daß Holland nicht nur das Europa der Krämer ist, sondern zugleich auch die See, die See, die einen nach Zipangu trägt und zu jenen Inseln, wo die Menschen im Wahnsinn und im Glück sterben.
Aber die Gewohnheit geht mit mir durch, ich plädiere! Verzeihen Sie. Ja, die Gewohnheit, Monsieur, die Berufung, und nicht zuletzt auch mein Wunsch, Ihnen diese Stadt – und das Herz der Dinge nahezubringen! Denn wir befinden uns hier im Herzen der Dinge. Finden Sie nicht, daß die konzentrischen Kanäle von Amsterdam den Kreisen der Hölle gleichen? Der bürgerlichen, von Albträumen bevölkerten Hölle natürlich. Je mehr Kreise man von außen kommend durchschreitet, desto undurchdringlicher, desto finsterer wird das Leben und mit ihm seine Ver-

brechen. Hier stehen wir im letzten Kreis. Dem Kreis
der ... Ach! Das wissen Sie? Teufel auch, es wird
immer schwieriger, Sie einzuordnen. Aber dann verstehen Sie, warum ich sagen kann, der Mittelpunkt
der Dinge sei hier, obgleich wir uns am Rande des
Kontinents befinden. Aufgeschlossene Menschen begreifen solche Wunderlichkeiten. Auf jeden Fall können die Hurer und Zeitungsleser hier nicht weiter.
Aus allen Ecken und Enden Europas strömen sie
herbei und bleiben am farblosen Strand des Binnenmeeres stehen. Sie lauschen den Sirenen, sie suchen
vergeblich im Nebel die Silhouetten der Schiffe zu
erspähen, dann kehren sie über die Kanäle zurück
und schlagen im Regen den Heimweg ein. Durchfroren kommen sie ins *Mexico-City* und bestellen in
allen Sprachen der Welt ihren Wacholder. Dort erwarte ich sie.
Also bis morgen, Monsieur. Nein, jetzt können Sie
den Weg nicht mehr verfehlen. Ich verabschiede mich
bei dieser Brücke. Ich gehe nachts nie über eine Brücke.
Ein Gelübde. Stellen Sie sich doch einmal vor, es
stürze sich einer ins Wasser. Dann stehen Ihnen zwei
Möglichkeiten offen: entweder Sie springen nach, um
ihn herauszufischen, was in der kalten Jahreszeit die
denkbar schlimmsten Folgen für Sie haben kann!
Oder aber Sie überlassen ihn seinem Schicksal, doch
nach unterbliebenen Kopfsprüngen fühlt man sich
manchmal seltsam zerschlagen. Gute Nacht! Wie
bitte? Die Damen hinter jenen großen Scheiben? Der
Traum, Monsieur, der wohlfeile Traum, die Reise
nach Indien! Diese Wesen parfümieren sich mit

Spezereien. Man tritt ein, die Vorhänge werden zugezogen, die Fahrt beginnt. Die Götter steigen auf die nackten Leiber herab, und die Inseln treiben dahin, wahnergriffen, vom zerzausten Haar windgeschüttelter Palmen gekrönt. Versuchen Sie es.

Was ein Buß-Richter sei? Aha, dieser Ausdruck hat offenbar Ihre Neugier gereizt. Es war eine ganz arglose Bemerkung, glauben Sie mir, und ich bin gerne bereit, mich deutlicher zu erklären. In gewissem Sinn gehört das sogar zu meinem Amt. Zunächst muß ich Ihnen jedoch eine Reihe von Umständen darlegen, die Ihnen zum besseren Verständnis meines Berichts dienlich sein werden.
Bis vor ein paar Jahren war ich Rechtsanwalt in Paris, man kann wohl sagen ein ziemlich bekannter Rechtsanwalt. Ich habe Ihnen selbstverständlich nicht meinen richtigen Namen genannt. Ich hatte mich darauf spezialisiert, die noblen Sachen zu vertreten, Witwen und Waisen zu verteidigen, wie man zu sagen pflegt, obwohl mir diese Redensart nicht recht einleuchtet, denn schließlich gibt es ja auch Witwen, die Mißbrauch treiben, und Waisen, die wahre Raubtiere sind. Indessen genügte es, daß ein Angeklagter im geringsten von Opferhauch umwittert war, um die Ärmel meiner Robe in Bewegung zu setzen. Und was für eine Bewegung! Der reinste Sturm! Ich trug das Herz auf den Ärmeln. Man hätte wirklich glauben können, Justitia lege sich jeden Abend zu mir ins Bett. Ich bin gewiß, daß auch Sie die Richtigkeit meines Tons, die genaue Dosierung meiner Gemütsbewegungen, die Überzeugungskraft und die Wärme, die beherrschte Empörung meiner Plädoyers bewundert

hätten. Was mein Äußeres betrifft, so hat die Natur mich gut ausgestattet: die edle Haltung kostet mich keine Mühe. Zudem leisteten zwei aufrichtige Gefühle mir große Dienste: die Genugtuung, mich auf der richtigen Seite der Schranke zu befinden, und eine instinktive Verachtung der Richter im allgemeinen. Na, am Ende war diese Verachtung vielleicht nicht ganz so instinktiv. Ich weiß jetzt, daß sie ihre Gründe hatte. Aber nach außen hin hatte sie etwas von echter Leidenschaft. Es ist unbestreitbar, daß wenigstens vorläufig Richter vonnöten sind, nicht wahr? Und doch konnte ich nicht begreifen, daß ein Mensch sich freiwillig zu diesem merkwürdigen Amt hergab. Ich nahm die Tatsache hin, da ich sie ja schließlich vor Augen hatte, aber etwa so, wie ich die Existenz der Heuschrecken hinnahm. Mit dem Unterschied allerdings, daß die Einfälle dieser Schädlinge mir nie einen Pfennig eingetragen haben, während der Dialog mit Leuten, die ich verachtete, mir mein gutes Auskommen sicherte.

Aber eben, ich befand mich auf der richtigen Seite, das genügte für meinen Seelenfrieden. Das Bewußtsein des guten Rechts, der Genugtuung, recht zu haben, das Hochgefühl der Selbstachtung – das, Verehrtester, sind Triebfedern, mächtig genug, uns Haltung zu geben oder vorwärtszubringen. Berauben Sie die Menschen dagegen dieses Antriebs, und Sie verwandeln sie in wutschäumende Hunde. Wie manches Verbrechen wird doch begangen, bloß weil sein Urheber es nicht ertragen konnte, im Unrecht zu sein! Ich habe einen Industriellen gekannt, der eine von allen

bewunderte, in jeder Beziehung vollkommene Frau besaß und sie dennoch betrog. Dieser Mann wurde buchstäblich rasend, weil er sich im Unrecht befand und keine Möglichkeit sah, sich ein Zeugnis der Tugendhaftigkeit auszustellen oder ausstellen zu lassen. Je größere Vollkommenheit die Frau an den Tag legte, desto rasender wurde er. Bis er schließlich sein Unrecht nicht länger ertrug. Was glauben Sie, daß er tat? Er hörte auf, sie zu betrügen? Keineswegs. Er brachte sie um. Auf diese Weise machte ich seine Bekanntschaft.
Meine Lage war da beneidenswerter. Nicht nur lief ich keine Gefahr, in das Lager der Verbrecher hinüberzuwechseln (insbesondere hatte ich als Junggeselle keinerlei Aussicht, meine Frau zu ermorden), sondern ich übernahm sogar die Verteidigung dieser Menschen, unter der einzigen Bedingung, daß sie gutartige Mörder waren, so wie andere gutartige Wilde sind. Schon allein meine Art, eine solche Verteidigung zu führen, erfüllte mich mit tiefer Befriedigung. In meinem Berufsleben war ich wirklich untadelig. Daß ich mich nie bestechen ließ, versteht sich von selbst; aber darüber hinaus habe ich mich auch nie dazu bereitgefunden, selber derlei Schritte zu unternehmen. Was noch seltener ist: ich habe mich nie dazu herbeigelassen, einem Journalisten zu schmeicheln, um ihn mir günstig zu stimmen, oder einem Beamten, dessen Freundschaft mir hätte nützlich sein können. Ich hatte sogar das Glück, zwei- oder dreimal diskret und würdevoll die Ehrenlegion ablehnen zu können, und eben darin fand ich meine wahre Belohnung. Und

schließlich habe ich die Armen immer unentgeltlich verteidigt und dies nie an die große Glocke gehängt. Glauben Sie nicht, Verehrtester, ich wolle mich mit all diesen Dingen brüsten. Ich hatte gar kein Verdienst dabei, denn die Habsucht, die in unserer Gesellschaft an die Stelle des Ehrgeizes getreten ist, hat mich immer gelächert. Ich wollte höher hinaus. Sie werden sehen, daß dieser Ausdruck in meinem Fall genau zutrifft.
Wie Sie unschwer ermessen können, hatte ich allen Grund zur Zufriedenheit. Ich sonnte mich in meinem eigenen Wesen, und wir alle wissen, daß darin das wahre Glück besteht, obwohl wir zur gegenseitigen Beruhigung bisweilen Miene machen, diese Freuden als sogenannten Egoismus zu verdammen. Zumindest genoß ich jenen Teil meines Wesens, der so akkurat auf die Witwen und Waisen ansprach und so oft auf den Plan gerufen wurde, daß er schließlich mein ganzes Leben beherrschte. Ich liebte es zum Beispiel ungemein, den Blinden beim Überqueren der Straße zu helfen. Sobald ich von weitem den Stock eines Blinden an einem Randstein zögern sah, stürzte ich herbei, kam manchmal um Sekundenlänge einer schon hilfsbereit ausgestreckten Hand zuvor, entriß den Blinden jeder fremden Obhut und führte ihn mit sanfter, doch fester Hand über den Fußgängerstreifen, zwischen den Hindernissen des Verkehrs hindurch, zum sicheren Port des gegenüberliegenden Gehsteigs, wo wir uns gerührt voneinander trennten. Desgleichen war es mir immer ein Vergnügen, einem Passanten Auskunft oder Feuer zu geben, Hand anzulegen, wenn

es einen zu schweren Karren oder ein stehengebliebenes Auto zu schieben galt, der Frau von der Heilsarmee ihre Zeitung abzukaufen oder bei der alten Händlerin Blumen zu erstehen, obwohl ich genau wußte, daß sie sie auf dem Friedhof Montparnasse stahl. Ich liebte es auch – dieses Geständnis will freilich nicht so leicht über die Lippen –, ich liebte es, Almosen zu geben. Ein höchst christlich gesinnter Freund gab einmal zu, daß man als erstes Unbehagen empfindet, wenn man einen Bettler auf sein Haus zukommen sieht. Nun, mit mir war es noch schlimmer bestellt: ich frohlockte. Aber lassen wir das.
Sprechen wir lieber von meiner Zuvorkommenheit. Sie war geradezu sprichwörtlich und trotzdem unleugbar. Das Höflichsein verschaffte mir nämlich nicht unbeträchtliche Freuden. Wenn ich hin und wieder das Glück hatte, morgens im Omnibus oder in der Untergrundbahn meinen Platz jemand abtreten zu können, der es offensichtlich verdiente, einen Gegenstand aufzuheben, den eine alte Dame fallengelassen hatte, und ihn ihr mit einem mir nur allzu bekannten Lächeln zu überreichen, oder auch bloß meine Taxe einem Fahrgast zu überlassen, der es eiliger hatte als ich, so war mein ganzer Tag verschönt. Es muß auch gesagt werden, daß ich mich sogar über jeden Streik der öffentlichen Verkehrsmittel freute, denn an solchen Tagen bot sich mir Gelegenheit, an den Omnibushaltestellen ein paar meiner unglücklichen, am Heimkehren verhinderten Mitbürger in meinen Wagen zu laden. Im Theater meinen Platz zu wechseln, um einem Liebespaar das Nebeneinandersitzen zu

ermöglichen, in der Eisenbahn einem jungen Mädchen das Gepäck im zu hohen Netz zu verstauen, das waren Taten, die ich deshalb öfter als andere Menschen vollbrachte, weil ich die Gelegenheiten aufmerksamer wahrnahm und ihnen ein bewußter genossenes Vergnügen abzugewinnen verstand.

Des weiteren galt ich als freigebig und war es auch in der Tat. Ich habe viele Geschenke gemacht, öffentlich und privat. Weit entfernt davon, über die Trennung von einem Gegenstand oder einer Summe Geldes Schmerz zu empfinden, war mir das Schenken eine ständige Quelle der Freude, nicht zuletzt, weil mich beim Gedanken an die Fruchtlosigkeit dieser Gaben und die zu erwartende Undankbarkeit manchmal eine Art Wehmut beschlich. Das Geben machte mir sogar so viel Spaß, daß ich es haßte, dazu verpflichtet zu sein. Genauigkeit in Gelddingen war mir ein Greuel, und ich bequemte mich nur widerwillig dazu. Ich wünschte Herr über meine Freigebigkeit zu sein.

Das sind lauter kleine Einzelzüge, aber sie sollen Ihnen zeigen, welchen nie versiegenden Hochgenuß ich meinem Leben und hauptsächlich meinem Beruf abgewann. In den Wandelgängen des Gerichtsgebäudes zum Beispiel von der Frau eines Angeklagten angehalten werden, den man einzig um der Gerechtigkeit willen oder aus Mitleid, also unentgeltlich verteidigt hat; diese Frau flüstern hören, daß nichts, aber auch wirklich nichts auf der weiten Welt je vergelten könne, was man für sie getan hat; antworten, daß dies doch selbstverständlich sei, daß jeder andere ebenso gehandelt hätte; ihr sogar Unterstüt-

zung anbieten für die kommenden schweren Zeiten; sodann, um den Ergüssen Einhalt zu tun und sie in angemessenen Grenzen zu halten, die Hand dieser armen Frau zu küssen und das Gespräch damit abbrechen – glauben Sie mir, Verehrtester, das bedeutet, daß man Höheres erreicht als der gewöhnliche Streber und sich zu jenem Gipfelpunkt aufschwingt, wo die Tugend in sich selber Genüge findet.
Halten wir einen Augenblick auf diesen Gipfeln inne. Sie verstehen jetzt, was ich mit dem *höher hinauswollen* meinte. Ich dachte an eben diese Höhepunkte, die für mich lebensnotwendig sind. Ich habe mich in der Tat immer nur in Höhenlagen wohlgefühlt. Dieses Bedürfnis nach Erhöhung offenbarte sich sogar in den Kleinigkeiten des Alltags. Ich zog den Omnibus der Untergrundbahn vor, die Kutsche der Taxe, die Dachterrasse dem Erdgeschoß. Ich liebte die Sportflugzeuge, wo man den Kopf frei in den Himmel erhebt, und auf Seereisen ging ich immer nur auf dem Bootsdeck spazieren. Im Gebirge entfloh ich aus den Talkesseln hinauf auf die Pässe und Hochebenen, oder sagen wir zumindest die Fast-Ebenen. Wenn das Schicksal mich gezwungen hätte, ein Handwerk zu erlernen, Dreher oder Dachdecker zu werden, so hätte ich, dessen können Sie gewiß sein, die Dächer gewählt und mich mit dem Schwindel befreundet. Schiffsbäuche, Untergeschosse, Grotten und Höhlen flößten mir Grauen ein. Den Höhlenforschern, die die Stirn hatten, sich mit ihren widerlichen Leistungen auf der Titelseite der Zeitungen breitzumachen, galt mein ganz besonderer Haß. Der Ehrgeiz, den Punkt – 800

zu erreichen, auf die Gefahr hin, sich den Kopf in einem Felskamin (einem Siphon, wie diese gedankenlosen Narren sagen!) einzuklemmen, schien mir von einem perversen oder gestörten Charakter zu zeugen. Das Ganze hatte etwas Verbrecherisches.
Eine von der Natur geschaffene Terrasse fünf- oder sechshundert Meter über einem lichtgebadeten Meer war hingegen der Ort, wo ich am freiesten atmete, besonders wenn ich allein und hoch über das Ameisentreiben der Menschen erhaben war. Ich begriff ohne weiteres, daß die aufwühlenden Predigten, die entscheidenden Verkündigungen, die Feuerwunder sich auf erklimmbaren Höhen vollzogen. Meiner Meinung nach konnte man in Kellern oder Gefängniszellen, sofern sie nicht in einem Aussichtsturm gelegen waren, nicht meditieren, sondern nur vermodern. Und ich verstand jenen Mann, der, kaum eingetreten, aus dem Kloster davonlief, weil seine Zelle nicht, wie er erwartet hatte, auf eine weite Landschaft ging, sondern auf eine Mauer. Doch seien Sie unbesorgt, ich für mein Teil vermoderte nicht. Innerlich und äußerlich schwang ich mich allezeit zur Höhe auf, entzündete weithin sichtbare Feuer, und freudiges Grüßen stieg empor zu mir. Dergestalt genoß ich das Vergnügen, zu leben und ein hervorragender Mensch zu sein.
Mein Beruf befriedigte zum Glück dieses Bedürfnis nach Höhe. Er benahm mir jede Bitterkeit gegenüber meinem Nächsten, den ich mir immer verpflichtete, ohne ihm je etwas schuldig zu sein. Er stellte mich über den Richter, den ich seinerseits richtete, und über den Angeklagten, den ich zur Dankbarkeit zwang.

Wägen Sie das ganze Gewicht dieser Worte, Verehrtester: ich lebte ungestraft. Kein Urteil berührte mich je, befand ich mich doch nicht auf der Bühne des Gerichts, sondern irgendwo in den Soffitten, jenen Göttern gleich, die man von Zeit zu Zeit mit Hilfe einer Maschinerie herunterläßt, damit sie der Handlung die entscheidende Wendung und ihren Sinn verleihen. Schließlich und endlich ist das erhöhte Leben noch die einzige Art, von einem möglichst zahlreichen Publikum gesehen und beklatscht zu werden.

Manche meiner gutartigen Mörder hatten übrigens bei ihrer Tat ähnlichen Gefühlen gehorcht. In der mißlichen Lage, in der sie sich anschließend befanden, gewährte das Zeitungslesen ihnen zweifellos eine Art schmerzliche Genugtuung. Wie viele Menschen hatten sie die Namenlosigkeit satt, und zum Teil war es wohl dieser Unmut, der sie zu fatalen Verzweiflungstaten trieb. Um bekannt zu werden, genügt es im Grunde, seine Concierge umzubringen. Unglücklicherweise handelt es sich um eine Eintagsberühmtheit, so zahlreich sind die Conciergen, die das Messer verdienen und bekommen. Das Verbrechen steht immer im Rampenlicht, der Verbrecher jedoch tritt nur flüchtig auf und wird alsbald ersetzt. Überdies müssen diese kurzen Triumphe zu teuer bezahlt werden. Wohingegen die Verteidigung der vom Pech verfolgten Anwärter auf Berühmtheit erlaubte, zur selben Zeit und unter denselben Umständen, aber mit sparsameren Mitteln echte Anerkennung zu erlangen. Das ermutigte mich denn auch, verdienstliche Bemühungen zu entfalten, damit sie möglichst wenig zu bezahlen hatten: was sie bezahlten, beglichen sie ein bißchen an meiner Statt. Die Empörung, das Talent, die Rührung, die ich zu diesem Zweck verausgabte, entbanden mich dafür ihnen gegenüber jeder Schuld. Die Richter straften, die Angeklagten sühnten, und ich, jeder Verpflichtung ledig, vom Urteil und seiner Vollziehung gleichermaßen unberührt, herrschte frei in paradiesischem Licht.

Denn war nicht eben gerade dies das Paradies, Verehrtester: die Tuchfühlung mit dem Leben? Ich besaß sie. Ich habe es nie nötig gehabt, Lebenskunst zu lernen; dieses Wissen wurde mir in die Wiege gelegt. Es gibt Leute, für die die Schwierigkeit darin besteht, sich die Mitmenschen vom Leibe zu halten oder zumindest irgendwie mit ihnen zurechtzukommen. Für mich war das kein Problem. Ich war vertraulich zur rechten Zeit, schweigsam, wenn es not tat, der heiteren Ungezwungenheit ebenso fähig wie der würdigen Förmlichkeit, und traf immer den richtigen Ton. Ich war denn auch sehr beliebt und hatte zahllose gesellschaftliche Erfolge. Ich besaß ein angenehmes Äußeres, erwies mich sowohl unermüdlich beim Tanzen als auch unaufdringlich gebildet im Gespräch, ich brachte es fertig, gleichzeitig die Frauen und die Gerechtigkeit zu lieben, was gar nicht einfach ist, ich betrieb Sport und war den schönen Künsten zugetan, kurzum, ich will nicht weiterfahren, sonst könnten Sie mich am Ende der Selbstgefälligkeit zeihen. Stellen Sie sich also einen Mann in den besten Jahren vor, der sich einer ausgezeichneten Gesundheit erfreut und glänzend begabt ist, geschickt in den Übungen

des Körpers wie in denen des Geistes, weder arm noch reich, der gut schläft und zutiefst zufrieden ist mit sich selber, ohne dies jedoch anders zu zeigen als durch eine heitere Umgänglichkeit. Dann werden Sie zugeben, daß ich in aller Bescheidenheit von einem geglückten Leben sprechen darf.
Wahrhaftig, ich besaß eine unvergleichliche Natürlichkeit. Mein Einklang mit dem Leben war vollkommen; ich bekannte mich zu allen seinen Erscheinungsformen, von der höchsten bis zur niedrigsten, und lehnte nichts ab, weder seine Ironie noch seine Größe noch seine Knechtschaft. Insbesondere schenkte mir das Fleisch, die Materie, mit einem Wort das Physische, das so vielen Menschen in der Liebe oder in der Einsamkeit Verwirrung oder Mutlosigkeit bringt, ausgewogene Freuden, die mich nie versklavten. Ich war dazu geschaffen, einen Leib zu haben. Daher meine innere Ausgeglichenheit, diese zwanglose Überlegenheit, die die Leute spürten und von der sie mir manchmal gestanden, daß sie ihnen helfe, leichter mit dem Leben fertig zu werden. Man suchte deshalb, Umgang mit mir zu pflegen. Oft glaubte man zum Beispiel, mich schon zu kennen. Das Leben, seine Geschöpfe und seine Gaben strömten mir von selber zu, und ich nahm diese Huldigungen mit leutseligem Stolz entgegen. Da ich so rückhaltlos und mit solcher Selbstverständlichkeit Mensch war, kam ich mir im Grunde genommen ein wenig als Übermensch vor.
Ich stamme aus einer ehrbaren, aber ruhmlosen Familie (mein Vater war Offizier), und doch fühlte ich mich an manchen Tagen beim Erwachen, demütig sei

es bekannt, als Königssohn oder als brennender Busch. Wohlverstanden meine ich damit nicht etwa die mir innewohnende Gewißheit, gescheiter zu sein als alle anderen, eine Überzeugung, die nebenbei bemerkt ohne Bedeutung ist, weil so viele Dummköpfe sie teilen. Aber da mir keine Erfüllung versagt blieb, fühlte ich mich – fast scheue ich mich, es auszusprechen – geradezu auserwählt. Persönlich vor allen Menschen für diesen beständigen und unfehlbaren Erfolg auserwählt. Im Grunde war das ein Ausdruck meiner Bescheidenheit. Ich weigerte mich, diesen Erfolg nur meinen Verdiensten zuzuschreiben, und vermochte nicht zu glauben, die Vereinigung so verschiedener und so vollkommen ausgebildeter Eigenschaften in einer einzigen Person könne ein Ergebnis des bloßen Zufalls sein. Da ich also im Glück lebte, fühlte ich mich irgendwie durch ein höheres Gesetz zu diesem Glück berechtigt. Lassen Sie mich hinzufügen, daß ich keinerlei religiösen Glauben besaß, und Sie werden noch deutlicher erkennen, was diese Überzeugung Außergewöhnliches an sich hatte. Nun, gewöhnlich oder nicht, sie hat mich über den täglichen Kram hinausgehoben, mich buchstäblich schweben lassen, und dies während langer Jahre, denen ich offen gestanden heute noch nachtraure. Ich schwebte bis zu jenem Abend, da... Doch nein, das gehört nicht hierher, und ich sollte es vergessen. Außerdem übertreibe ich vielleicht. Zwar gab es nichts, das mir zu schaffen machte, doch gleichzeitig auch nichts, das mich befriedigte. Jede Freude weckte allsogleich das Verlangen nach einer anderen. Ich

reihte Fest an Fest. Es kam vor, daß ich, immer heftiger in die Menschen und in das Leben vernarrt, Nächte durchtanzte. Wenn spät in diesen Nächten der Tanz, der leichte Rausch, meine wilde Ausgelassenheit und das allgemeine hemmungslose Sichgehenlassen mich in einen gleichzeitig abgematteten und beglückten Taumel versetzten, schien mir manchmal im Übermaß der Müdigkeit und eine kurze Sekunde lang, ich verstehe endlich das Geheimnis der Menschen und der Welt. Aber am nächsten Tag verflog die Müdigkeit und mit ihr das Geheimnis, und ich stürzte mich von neuem in den Trubel. So jagte ich dahin, immer erfolgreich, immer unersättlich, ohne zu wissen, wo ich innehalten sollte, bis zum Tag, bis zum Abend vielmehr, da die Musik abbrach, die Lichter erloschen. Das Fest, auf dem ich glücklich gewesen war ... Aber wenn es Ihnen recht ist, will ich unseren Freund, den Gorilla, herbemühen. Schenken Sie ihm zum Dank ein Kopfnicken, und dann, vor allem, trinken Sie mit mir, ich habe Ihre Sympathie nötig.
Diese Versicherung erstaunt Sie, wie ich sehe. Sollten Sie noch nie plötzlich Sympathie, Beistand, Freundschaft nötig gehabt haben? Doch, natürlich. Ich für mein Teil habe gelernt, mich mit der Sympathie zu bescheiden. Sie ist leichter zu finden und zudem verpflichtet sie zu nichts. Man sagt: »Seien Sie meiner Sympathie versichert«, während man bei sich selber denkt: »und jetzt wollen wir zur Tagesordnung übergehen«. Es ist ein Gefühl für Ministerpräsidenten, nach jeder Katastrophe billig zu haben. Mit der Freundschaft steht es weniger einfach. Sie zu erringen,

ist ein langwieriges und hartes Unterfangen, aber wenn man sie einmal hat, wird man sie nicht mehr los und muß die Folgen tragen. Glauben Sie ja nicht, Ihre Freunde würden, wie sie das eigentlich sollten, jeden Abend anrufen, um sich zu vergewissern, ob Sie sich nicht just an diesem Abend mit Selbstmordgedanken tragen, oder auch bloß, ob Sie nicht Ihrer Gesellschaft bedürfen oder ausgehen möchten. Bewahre! Sie können sich darauf verlassen, daß sie, wenn überhaupt, an dem Abend telephonieren, da Sie nicht einsam sind und das Leben schön finden. Zum Selbstmord würden Ihre Freunde Sie kraft dessen, was Sie ihrer Meinung nach sich selber schuldig sind, eher noch ermutigen. Der Himmel behüte uns davor, Verehrtester, von unseren Freunden auf ein Piedestal gestellt zu werden! Ganz zu schweigen davon, wie die Menschen, die uns sozusagen von Amtes wegen lieben sollten, ich meine die Eltern und Anverwandten, sich in dieser Beziehung verhalten! Sie allerdings finden das richtige Wort, oder besser gesagt, das treffende Wort: sie bedienen sich des Telephons wie eines Gewehrs. Und sie zielen gut. Die Meuchler! Wie bitte? Welchen Abend? Ach so! Das erzähle ich Ihnen schon noch, haben Sie ein bißchen Geduld mit mir. Mein ganzer Exkurs über Freunde und Verwandtschaft gehörte übrigens irgendwie auch zum Thema. Da hat man mir zum Beispiel von einem Mann erzählt, dessen Freund im Gefängnis saß und der jeden Abend daheim auf dem blanken Fußboden schlief, um keine Bequemlichkeit zu genießen, die dem geliebten Menschen versagt war. Wer, Verehr-

tester, wer wird unseretwegen auf dem blanken Fußboden schlafen? Ob ich selber dazu fähig bin? Ach, sollte ich es einmal wollen, dann ganz bestimmt. Ja, eines Tages werden wir alle dazu fähig sein, und das wird das Heil bedeuten. Aber leicht ist es nicht, denn die Freundschaft ist zerstreut oder zumindest ohnmächtig. Was sie will, vermag sie nicht. Aber vielleicht will sie es nur nicht stark genug? Vielleicht lieben wir das Leben nicht genug? Ist Ihnen auch schon aufgefallen, daß erst der Tod unsere Gefühle wachrüttelt? Wie innig lieben wir doch die Freunde, die eben von uns gegangen sind, nicht wahr! Wie bewundern wir unsere Lehrmeister, sobald sie nicht mehr sprechen, weil sie den Mund voll Erde haben! Dann bezeigen wir ihnen ganz von selber die dankbare Verehrung, die sie vielleicht ihr Leben lang von uns erwartet hatten. Wissen Sie übrigens, warum wir den Toten gegenüber immer viel gerechter und großmütiger sind? Der Grund ist denkbar einfach: ihnen gegenüber haben wir keine Verpflichtung! Sie gewähren uns Freiheit, wir können uns alle Zeit lassen und die Ehrenbezeigung zwischen Cocktail und Schäferstündchen unterbringen, wenn wir gerade nichts Besseres zu tun haben. Sollten sie uns doch zu etwas verpflichten, so wäre es zum Gedenken, und wir haben ein kurzes Gedächtnis. Nein, den eben Gestorbenen unter unseren Freunden lieben wir, den schmerzlichen Toten, unsere Ergriffenheit, kurzum uns selbst!
Ich hatte einen Freund, dem ich so oft wie möglich aus dem Weg ging. Er langweilte mich ein bißchen,

und zudem war er mir zu moralisch. Aber nur keine Angst: kaum lag er im Sterben, war ich wieder zur Stelle. Keinen Tag habe ich mir entgehen lassen. Meine Hand drückend und zufrieden mit mir ist er entschlafen. Eine ehemalige Geliebte, die mir beharrlich – und vergeblich – nachlief, besaß den guten Geschmack, jung zu sterben. Was für einen Platz sie allsogleich in meinem Herzen einnahm! Und wenn es sich zudem noch um einen Selbstmord handelt! Himmel, welch herzerquickende Aufregung! Das Telephon tritt in Aktion, das Herz fließt über, und es fehlt nicht an absichtlich kurzen, aber hintergründigen Äußerungen, an beherrschtem Leid und sogar, ja doch, ein klein wenig Selbstvorwürfen.

So ist der Mensch, Verehrtester, er hat zwei Gesichter: er kann nicht lieben, ohne sich selbst zu lieben. Beobachten Sie bloß Ihre Hausgenossen, wenn das Glück ihnen einen Todesfall unter den Nachbarn beschert. Männiglich war in seinem ereignislosen Leben eingeschlafen, und nun stirbt zum Beispiel der Concierge. Sogleich erwachen sie alle, entfalten ein eifriges Getue, gieren nach Einzelheiten und zerfließen in Mitgefühl. Ein Toter auf dem Programm, und das Schauspiel kann endlich beginnen! Sie brauchen die Tragödie, was wollen Sie, das ist ihre kleingeschriebene Transzendenz, ihr Apéritif. Es ist übrigens kein Zufall, wenn ich Concierge sage. Ich hatte einmal einen, der wirklich widerwärtig war, die Bosheit in Person, ein Ausbund von hohler Gehässigkeit; selbst ein Franziskaner hätte in diesem Fall die Waffen gestreckt! Ich wechselte schon lange kein Wort mehr

mit ihm, aber sein bloßes Dasein stellte meine gewohnte Zufriedenheit in Frage. Nun denn, er starb, und ich ging hin und wohnte seinem Begräbnis bei. Können Sie mir sagen, warum?
Die zwei Tage bis zur Bestattung waren übrigens äußerst lehrreich. Die Frau des Concierge lag krank in dem einzigen Zimmer, und neben ihrem Bett stand auf zwei Holzböcken der Sarg. Die Hausbewohner mußten ihre Post unten abholen. Man öffnete die Tür, sagte guten Tag, hörte sich das Loblied auf den Verstorbenen an, auf den die Concierge mit einer Handbewegung hinwies, und entfernte sich mit seinen Briefen und Zeitungen. Eine unerfreuliche Angelegenheit! Und doch stellten sich sämtliche Mieter einer um den anderen in dem nach Phenol stinkenden Raum ein. Die Leute schickten nicht etwa ihre Dienstboten, o nein, sie kamen selber, um von dem Glücksfall zu profitieren. Die Dienstboten kamen übrigens auch, doch im Versteckten. Als am Tag der Beerdigung der Sarg abgeholt wurde, erwies sich die Wohnungstür als zu schmal. »Mein Liebling«, sagte mit entzückter und tiefbekümmerter Überraschung die Concierge in ihrem Bett, »wie groß er doch war!« – »Nur keine Aufregung, Madame«, antwortete der Beamte, »wir werden ihn auf die Kante legen und dann hochstellen.« Man hat ihn also hochgestellt und dann flach gelegt, und ich war der einzige – außer dem ehemaligen Boy eines Nachtlokals, der offenbar jeden Abend in Gesellschaft des Verstorbenen seinen Pernod getrunken hatte –, der bis zum Friedhof mitging und ein paar Blumen auf den erstaunlich prunkvollen

Sarg warf. Anschließend stattete ich der Concierge einen Besuch ab, um ihren theatralischen Dank entgegenzunehmen. Warum das alles, ich bitte Sie? Ich weiß es nicht – es sei denn der Apéritif ...
Auch einen alten Angestellten der Anwaltskammer habe ich zur letzten Ruhe geleitet, einen ziemlich verachteten Schreiber, dem die Hand zu drücken ich nie versäumt hatte. Wo immer ich arbeitete, gab ich übrigens stets jedermann die Hand, und zwar lieber zwei- als einmal. Diese herzliche Schlichtheit trug mir auf wohlfeile Art die zu meinem Hochgefühl nötige allgemeine Sympathie ein. Der Vorsitzende der Kammer hatte sich nicht zum Leichenbegängnis unseres Schreibers bemüht. Ich hingegen ja, obwohl ich mitten in Reisevorbereitungen stand, was hervorzuheben nicht verfehlt wurde. Aber eben, ich wußte, daß meine Anwesenheit beachtet und günstig vermerkt werden würde. Mithin, das werden Sie einsehen, konnte selbst der Schnee, der an jenem Tage fiel, mich nicht schrecken.
Wie bitte? Gleich, gleich, ich verspreche es Ihnen, eigentlich bin ich ja schon dabei. Aber lassen Sie mich zuerst noch erzählen, daß meine Concierge, die, um ihre Rührung bis zur Neige auszukosten, ihr letztes Geld für Kruzifix, teures Eichenholz und Silbergriffe hergegeben hatte, sich einen Monat später mit einem stimmbegabten Stutzer zusammentat. Er verprügelte sie oft, man hörte entsetzliches Geschrei, und gleich darauf pflegte er das Fenster zu öffnen und sein Lieblingslied zu schmettern: »Gern hab' ich die Frau'n geküßt!« – »Unglaublich!« sagten die Nachbarn. Was

ist da schon Unglaubliches dabei, wenn ich fragen darf? Meinetwegen, der Schein sprach gegen diesen Bariton und gegen die Concierge ebenfalls. Aber nichts beweist, daß sie sich nicht liebten. Genausowenig ist bewiesen, daß sie ihren Mann nicht geliebt hatte. Als der Stutzer mit ermatteter Stimme und erlahmtem Arm das Weite suchte, fing das treue Weib übrigens wieder an, das Loblied des Verblichenen zu singen! Schließlich und endlich gibt es viele, die den Schein für sich haben und darum weder beständiger noch aufrichtiger sind. So kannte ich einen Mann, der zwanzig Jahre seines Lebens an ein albernes Ding vertan, ihr alles geopfert hatte, seine Freunde, seine Arbeit, ja die Würde seines Lebens, und der eines Abends gestand, daß er sie nie geliebt hatte. Er langweilte sich, das war das ganze Geheimnis, er langweilte sich, wie die meisten Leute sich langweilen. Und so hatte er sich von A bis Z ein an Verwicklungen und Tragödien reiches Leben geschaffen. Es muß etwas geschehen – das ist die Erklärung für die meisten menschlichen Bindungen. Es muß etwas geschehen, und wäre dieses Ereignis die Hörigkeit ohne Liebe, der Krieg oder der Tod. Darum wollen wir die Beerdigungen hochleben lassen!
Ich indessen besaß diese Entschuldigung nicht. Ich langweilte mich nicht, da ich ja herrschte. An dem Abend, von dem ich Ihnen erzählen will, langweilte ich mich sogar weniger denn je. Nein, ich begehrte wahrhaftig nicht, daß etwas geschehen möge. Und doch... Wie soll ich es Ihnen beschreiben? Es war ein schöner Herbstabend, noch warm in der Stadt,

schon feucht an der Seine. Die Nacht brach herein.
Im Westen war der Himmel noch hell, doch dunkelte
es rasch; die Straßenlaternen verbreiteten ein schwaches Licht. Ich spazierte auf dem linken Seine-Ufer
flußaufwärts dem Pont des Arts entgegen. Zwischen
den geschlossenen Kästen der Bouquinisten sah man
das Wasser heraufschimmern. Es waren nur wenig
Menschen unterwegs: Paris saß bereits bei Tisch. Ich
wühlte mit jedem Schritt in den gelben, staubigen
Blättern, die noch an den Sommer gemahnten. Nach
und nach füllte der Himmel sich mit Sternen, die man
flüchtig gewahrte, sooft man aus dem Lichtkreis einer
Laterne trat. Ich genoß die endlich eingekehrte Stille,
die Milde des Abends, die Leere von Paris. Ich war
zufrieden. Ich hatte einen guten Tag hinter mir: ein
Blinder, die erhoffte Strafermäßigung, der warme
Händedruck meines Klienten, ein paar milde Gaben
und am Nachmittag ein vor ein paar Freunden improvisierter glänzender Vortrag über die Hartherzigkeit unserer führenden Gesellschaftsschicht und die
Scheinheiligkeit unserer Eliten.
Ich war auf den zu dieser Stunde menschenleeren
Pont des Arts getreten, um den Fluß zu betrachten,
den man in der nun völlig hereingebrochenen Dunkelheit kaum ahnte. Dem Vert-Galant gegenüberstehend, überblickte ich die Insel. Ich spürte ein gewaltiges Gefühl von Macht und, wie soll ich sagen,
von Erfüllung in mir aufsteigen, und mir wurde weit
ums Herz. Ich richtete mich auf und wollte eben eine
Zigarette anzünden, die Zigarette der Befriedigung,
als hinter mir ein Lachen ertönte. Voll Überraschung

wandte ich mich blitzschnell um – niemand. Ich
beugte mich über das Geländer – kein Schleppkahn,
kein Boot. Ich drehte mich wieder der Insel zu und
hörte von neuem das Lachen in meinem Rücken, doch
in etwas größerer Entfernung, als treibe es den Fluß
hinunter. Ich verharrte reglos. Allmählich verklang
das Lachen; indessen vernahm ich es noch deutlich
hinter mir, es kam aus dem Nichts oder vielleicht
aus dem Wasser. Gleichzeitig wurde mir das heftige
Klopfen meines Herzens bewußt. Verstehen Sie mich
recht: das Lachen hatte nichts Geheimnisvolles an
sich; es war ein herzliches, natürliches, beinahe freund-
schaftliches Lachen, das alle Dinge an ihren Platz
rückte. Übrigens hörte ich bald nichts mehr. Ich ging
auf den Quai zurück, schlug die Rue Dauphine ein,
kaufte Zigaretten, die ich nicht brauchte. Ich war wie
betäubt, das Atmen fiel mir schwer. An jenem Abend
rief ich einen Freund an – er war nicht zu Hause.
Ich erwog, ob ich ausgehen solle, da hörte ich plötzlich Lachen unter meinem Fenster. Ich öffnete. In der
Tat verabschiedeten sich auf dem Gehsteig ein paar
junge Burschen mit lauter Fröhlichkeit. Achselzuckend
schloß ich das Fenster; ich hatte ja noch Akten zu
studieren. Ich begab mich ins Badezimmer, um ein
Glas Wasser zu trinken. Mein Bild lächelte im Spiegel, aber mir schien, mein Lächeln sei doppelt...
Wie bitte? Verzeihen Sie, ich war mit meinen Gedanken anderswo. Ich werde Sie voraussichtlich morgen
wieder sehen. Abgemacht, morgen. Nein, nein, jetzt
kann ich nicht länger bleiben. Übrigens wünscht der
Braunbär an jenem Tisch dort drüben meine Dienste

in Anspruch zu nehmen. Unzweifelhaft ein braver Mann, den die Polizei abscheulich und aus purer Bosheit schikaniert. Sie finden, er sehe aus wie ein Totschläger? Ich kann Ihnen garantieren, daß sein Aussehen nicht trügt. Er betätigt sich auch als Einbrecher, und Sie werden Ihren Ohren nicht trauen, wenn ich Ihnen sage, daß dieser Höhlenbewohner Spezialist im Bilderschwarzhandel ist. In Holland ist jedermann Gemälde- und Tulpenkenner. Bei all seinem bescheidenen Gehaben hat mein Klient hier den berühmtesten Bilderdiebstahl aller Zeiten verübt. Welchen? Vielleicht verrate ich Ihnen das einmal. Wundern Sie sich nicht über mein Wissen. Ich bin zwar Buß-Richter, doch habe ich auch mein Steckenpferd: ich bin der Rechtsberater dieser guten Leute. Ich habe die Gesetze des Landes studiert und mir in diesem Viertel, wo man nicht nach Diplom fragt, eine ansehnliche Kundschaft geschaffen. Leicht war es nicht, aber ich habe ja etwas sehr Vertrauenerweckendes, nicht wahr? Mein Lachen ist herzlich und offen, mein Händedruck kräftig, das sind wichtige Trümpfe. Und zudem habe ich ein paar schwierige Fälle ins reine gebracht, zuerst aus selbstsüchtigen Gründen, dann aus innerer Überzeugung. Wenn die Zuhälter und Diebe immer und überall verurteilt würden, hielten sich ja alle rechtschaffenen Leute ständig für unschuldig! Und meiner Meinung nach – ich komme schon, ich komme schon! – muß gerade das verhindert werden. Denn sonst, Verehrtester, wäre es ja wirklich zum Lachen.

Im Ernst, Verehrtester, ich bin Ihnen dankbar für
Ihre Wißbegier. Dabei hat meine Geschichte gar nichts
Außergewöhnliches an sich. Aber da Sie es nun einmal wissen wollen: ein paar Tage lang dachte ich noch
hin und wieder an dieses Lachen, dann vergaß ich es.
Von Zeit zu Zeit war mir, als hörte ich es irgendwo
in meinem Innern. Aber zumeist gelang es mir mühelos, an andere Dinge zu denken.
Ich muß indessen bekennen, daß ich fortan die Ufer
der Seine mied. Wenn ich gelegentlich im Wagen oder
im Omnibus vorbeifuhr, entstand eine Art Schweigen in mir. Ich wartete, glaube ich. Aber ich kam
über die Seine, und nichts geschah; ich atmete auf.
Damals begann auch meine Gesundheit mir ein wenig
zu schaffen zu machen. Nichts Bestimmtes, eine Art
Niedergeschlagenheit, wenn Sie wollen, eine gewisse
Unfähigkeit, meine gute Laune wiederzufinden. Ich
suchte Ärzte auf, und sie verschrieben mir Stärkungsmittel. Eine Zeitlang ging es aufwärts, dann wieder
bergab. Ich trug schwerer am Leben: freudloser Körper, freudloses Gemüt. Mir schien, ich verlerne teilweise, was ich nie gelernt hatte, und doch so gut
konnte, nämlich leben. Ja, ich glaube wirklich, daß
damals alles seinen Anfang nahm.
Aber auch heute abend fühle ich mich nicht ganz auf
der Höhe. Es fällt mir sogar schwer, meine Sätze zu
drechseln. Ich spreche weniger gut, scheint mir, und

meine Rede ermangelt der Sicherheit. Es liegt zweifellos am Wetter. Man kann kaum atmen, so dumpf ist die Luft, sie lastet wie ein Gewicht auf der Brust. Hätten Sie etwas dagegen, Verehrtester, ein bißchen mit mir durch die Stadt zu bummeln? Vielen Dank.
Wie schön sind die Kanäle im Abendlicht! Ich liebe den Brodem des fauligen Wassers, den Geruch der welken Blätter, die im Kanal modern, den Begräbnisduft, der von den blumenbeladenen Kähnen aufsteigt. Nein, nein, diese Vorliebe hat nichts Morbides, das dürfen Sie mir glauben. Im Gegenteil, sie ist lediglich eine Pose, denn in Wahrheit muß ich mich dazu zwingen, diese Kanäle zu bewundern. Mein liebstes Land auf Erden ist Sizilien, da haben Sie den Beweis... Sizilien im vollen Licht vom Ätna aus betrachtet, wenn Insel und Meer mir zu Füßen liegen. Auch Java liebe ich sehr, aber nur zur Zeit der Passatwinde. Ja, als junger Mensch war ich einmal dort. Ich liebe Inseln überhaupt. Es ist dort leichter, zu herrschen.
Ein entzückendes Haus, nicht wahr? Die beiden Köpfe, die Sie da sehen, gehören Negersklaven. Ein Emblem. In diesem Haus wohnte ein Sklavenhändler. Ah, damals spielte man noch mit offenen Karten! Man hatte Aplomb und sagte: »So ist das. Ich bin ein gemachter Mann. Ich handle mit Sklaven. Ich halte Negerfleisch feil.« Können Sie sich vorstellen, daß sich heutzutage jemand öffentlich zu einem solchen Gewerbe bekennt? Welch ein Skandal! Ich höre geradezu, wie meine Pariser Kollegen vom Leder ziehen! In dieser Beziehung verstehen sie nämlich

keinen Spaß; sie würden keine Sekunde zögern, ein oder zwei Manifeste zu veröffentlichen, vielleicht sogar mehr! Wenn ich es mir recht überlege, würde ich sogar mit unterschreiben. Sklaverei? – Oho! da sind wir allerdings dagegen! Daß man gezwungen ist, sie bei sich zu Hause oder in der Fabrik einzuführen, meinetwegen, so will es die Ordnung der Dinge, aber sich noch damit zu brüsten – das wäre die Höhe!

Ich weiß wohl, daß man nicht darum herumkommt, zu herrschen oder bedient zu werden. Für jeden Menschen sind Sklaven ebenso lebensnotwendig wie frische Luft. Befehlen ist gleichbedeutend mit atmen, Sie sind doch auch dieser Ansicht? Und selbst die Ärmsten unter den Armen bringen es fertig, zu atmen. Auch auf der untersten Sprosse der sozialen Stufenleiter hat man immer noch eine Frau oder ein Kind. Einen Hund, wenn man Junggeselle ist. Hauptsache ist, daß man sich erbosen kann, ohne dem anderen das Recht zur Entgegnung zuzugestehen. »Seinem Vater widerspricht man nicht« – Sie kennen diesen Grundsatz? In gewissem Sinn ist er seltsam. Wem auf Erden sollte man etwas entgegnen, wenn nicht dem Menschen, den man liebt? Andererseits ist er durchaus einleuchtend. Einer muß ja schließlich das letzte Wort haben. Sonst gäbe es für jeden Grund einen Gegengrund, und es könnte endlos so weitergehen. Macht hingegen entscheidet. Es hat lange gedauert, bis wir das schließlich begriffen haben. So werden Sie zum Beispiel bemerkt haben, daß unser altes Europa endlich die richtige Art des Philosophie-

rens herausgefunden hat. Wir sagen nicht mehr wie in früheren, unverbildeten Zeiten: »Das ist meine Meinung. Welches sind Ihre Einwände?« Jetzt sind uns die Augen aufgegangen. Wir haben den Dialog durch die Verlautbarung ersetzt. »Das ist die Wahrheit«, sagen wir. »Ob Sie daran herumdiskutieren, ist uns gleich. Aber in ein paar Jahren wird die Polizei Ihnen beweisen, daß ich recht habe.«
Liebe, gute Erde! Jetzt ist alles klar. Wir kennen uns, wir wissen, wozu wir fähig sind. Ich selber, um ein anderes Beispiel zum gleichen Thema anzuführen, wollte immer mit einem Lächeln bedient werden. Wenn das Dienstmädchen ein trauriges Gesicht aufsetzte, war mir der ganze Tag vergällt. Sie hatte durchaus das Recht, nicht fröhlich zu sein. Gewiß. Aber ich sagte mir, es sei besser für sie selbst, ihren Dienst nicht weinend, sondern lachend zu versehen. In Tat und Wahrheit war es besser für mich. Indessen war meine Überlegung, wenn auch nicht eben genial, so doch nicht völlig verkehrt. In das gleiche Kapitel gehört auch, daß ich nie in einem chinesischen Restaurant speisen wollte. Warum? Weil die Asiaten, zumal einem Weißen gegenüber, mit ihrem Schweigen oft Verachtung auszudrücken scheinen. Natürlich bewahren sie diese Miene auch beim Bedienen. Wie soll man da mit Genuß Schwalbennester verzehren und vor allem, wenn man die Kellner anschaut, weiterhin glauben, daß man recht hat?
Unter uns gesagt, das Dienen – vorzugsweise mit einem Lächeln – ist also unvermeidlich. Aber wir dürfen es nicht zugeben. Wenn einer nicht umhin kann,

Sklaven zu halten, ist es dann nicht besser, er nennt sie freie Menschen? Einmal um des Prinzips willen, und zum zweiten, um sie nicht zur Verzweiflung zu treiben. Diese Genugtuung ist man ihnen doch schuldig, nicht wahr? Auf diese Weise bewahren sie weiterhin ihr Lächeln und wir unser gutes Gewissen. Andernfalls wären wir gezwungen, in uns zu gehen, und der Schmerz brächte uns um den Verstand oder wir würden gar bescheiden – alle Möglichkeiten stehen zu befürchten! Darum keine Embleme, und dieses hier ist ein Skandal. Was meinen Sie übrigens, wenn jedermann Farbe bekennen und seinen wahren Beruf, sein wahres Sein herauskehren wollte! Man geriete ja völlig aus dem Häuschen! Stellen Sie sich die Visitenkarten vor: Meier, hasenherziger Philosoph oder christlicher Hausbesitzer oder ehebrecherischer Humanist – die Auswahl ist wahrhaftig groß. Aber es wäre die Hölle! Ja, so muß die Hölle sein: Straßen voller Aushängeschilder und keine Möglichkeit, Erklärungen dazu abzugeben. Man ist ein für allemal festgenagelt und eingereiht.
Sie zum Beispiel, Verehrtester, überlegen Sie sich einmal, wie Ihr Aushängeschild aussähe. Sie schweigen? Schon recht, Sie antworten mir dann später. Das meine kenne ich jedenfalls: ein Doppelgesicht, ein reizender Januskopf, und darüber der Wahlspruch des Hauses: »Trau schau wem.« Auf der Visitenkarte: »Johannes Clamans, Komödiant«. Ein Beispiel: Kurze Zeit nach dem Abend, von dem ich Ihnen erzählte, habe ich etwas entdeckt. Wenn ich mich von einem Blinden trennte, den ich sicher auf die andere Stra-

ßenseite geleitet hatte, lüftete ich den Hut. Dieser Gruß galt natürlich nicht ihm, er konnte ihn ja nicht sehen. Wem also galt er dann? Dem Publikum. Nach der Vorstellung die Verbeugung. Nicht übel, wie? Damals geschah es auch, daß ich eines Tages einem Automobilisten, der mir für meine Hilfe dankte, zur Antwort gab, kein anderer hätte das gleiche getan. Natürlich wollte ich sagen: jeder andere. Dieser unglückliche Lapsus bedrückte mich lange Zeit. Wahrhaftig, was die Bescheidenheit anging, war ich unübertrefflich!
Ich muß demütig eingestehen, Verehrtester, daß ich schon immer vor Eitelkeit beinahe platzte. Ich, ich und nochmals ich, so lautete der Kehrreim meines teuren Lebens, und aus allen meinen Worten war er herauszuhören. Sooft ich den Mund auftat, sang ich mein eigenes Lob, und zwar erst recht, wenn ich es mit jener schmetternden Diskretion tat, auf die ich mich so gut verstand. Ich habe, das ist allerdings wahr, stets in Freiheit und Machtfülle gelebt. Ich fühlte mich nämlich den Mitmenschen gegenüber aller Verpflichtungen enthoben, und zwar ganz einfach, weil ich niemand als ebenbürtig anerkannte. Ich habe mich immer für intelligenter gehalten als alle anderen, das sagte ich Ihnen bereits, aber auch für feinfühliger und gewandter, für einen hervorragenden Schützen, einen unvergleichlichen Autofahrer und einen unübertrefflichen Liebhaber. Selbst auf Gebieten, wo ich mit Leichtigkeit meine Unterlegenheit feststellen konnte, wie zum Beispiel im Tennis, bei dem ich bestenfalls einen erträglichen Partner abgab,

fiel es mir schwer, nicht überzeugt zu sein, daß ich, hätte ich nur genügend Zeit für das Training, den Meisterspielern den Rang ablaufen würde. Ich fand mich in allem und jedem überlegen – daher mein Wohlwollen und meine heitere Gelassenheit. Wenn ich mich um einen Mitmenschen kümmerte, so nur aus purer Freundlichkeit und völlig freien Stücken; so blieb mein Verdienst ungeschmälert, und ich kletterte in meiner Eigenliebe wieder um eine Stufe höher.

Nebst einigen anderen Wahrheiten habe ich auch diese offenkundigen Tatsachen im Verlauf der Zeit, die auf jenen bewußten Abend folgte, nach und nach entdeckt. Nicht sogleich, nein, und auch ohne sie von Anfang an besonders deutlich zu erkennen. Denn dafür mußte ich erst mein Gedächtnis wiederfinden. Allmählich begann ich dann klarer zu sehen und einiges von dem, was mir bekannt war, bewußt in mich aufzunehmen. Bis dahin hatte mir immer meine erstaunliche Fähigkeit des Vergessens geholfen. Ich vergaß alles, angefangen bei meinen Vorsätzen. Im Grunde zählte überhaupt nichts. Krieg, Selbstmord, Liebe, Elend – natürlich schenkte ich ihnen Beachtung, wenn die Umstände mich dazu zwangen, aber immer mit einer Art höflicher Oberflächlichkeit. Zuweilen gab ich vor, mich für irgendeine Angelegenheit zu erwärmen, die nicht unmittelbar mein alleralltäglichstes Leben berührte. Im Grunde nahm ich indessen keinerlei Anteil daran, außer natürlich, wenn mir meine Freiheit gefährdet schien. Wie soll ich es Ihnen erklären? Es glitt irgendwie ab. Ja, alles glitt an mir ab.

Doch seien wir nicht ungerecht: meine Vergeßlichkeit war hie und da auch verdienstlich. Es gibt bekanntlich Leute, deren Religion als Hauptgebot verlangt, alle Schulden zu vergeben; sie vergeben sie auch tatsächlich, aber sie vergessen sie nie. Ich war nicht gutmütig genug, um die Schulden zu vergeben, aber letzten Endes vergaß ich sie immer. Und manch einer, der überzeugt war, ich könne ihn nicht ausstehen, verging fast vor ungläubigem Staunen, wenn er meinen freundlich lächelnden Gruß empfing. Je nach seiner Veranlagung bewunderte er dann meine Seelengröße oder verachtete mich als Waschlappen, ohne auf den Gedanken zu kommen, daß meine Gründe viel einfacher waren: ich hatte alles vergessen, selbst seinen Namen. Das gleiche Gebrechen, das mich gleichgültig oder undankbar machte, verlieh mir dann den Anschein der Großmut.

So lebte ich dahin, und das einzig Beständige im Wechsel der Tage war mein Ich, ich und nochmals ich. Es wechselten die Frauen, es wechselten Tugend und Laster, immer in den Tag hinein, wie die Hunde, aber alle Tage, ohne Ausnahme, ich, unerschüttert derselbe. So bewegte ich mich ständig an der Oberfläche des Lebens, gewissermaßen in tönenden Worten, nie in der Wirklichkeit. All die kaum gelesenen Bücher, die kaum geliebten Freunde, die kaum gesehenen Städte, die kaum besessenen Frauen! Mein Tun und Lassen war von Langeweile oder Zerstreutheit bestimmt. Die Menschen folgten nach, wollten sich anklammern, aber sie fanden keinen Halt, und das war das Unglück. Für sie. Denn ich für mein Teil vergaß. Ich habe mich nie an etwas anderes erinnert als an mich selber.

Aber nach und nach kehrte mein Gedächtnis zurück. Oder vielmehr kehrte ich zu ihm zurück, ich fand die Erinnerung wieder, die auf mich gewartet hatte. Aber ehe ich darauf zu sprechen komme, gestatten Sie mir, Verehrtester, Ihnen für das, was ich im Verlauf meines Forschens entdeckte, ein paar Beispiele zu geben. Sie werden Ihnen, dessen bin ich gewiß, von großem Nutzen sein.

Als ich eines Tages am Steuer meines Wagens eine Sekunde zögerte, ehe ich beim grünen Licht losfuhr, und unsere so geduldigen Mitbürger unverzüglich in meinem Rücken ein Hupkonzert anstimmten, fiel mir jäh ein anderes Begebnis wieder ein, das sich unter ähnlichen Umständen zugetragen hatte. Ein kleiner, hagerer Motorradfahrer mit Kneifer und Golfhose hatte mich überholt und sich beim roten Licht vor mir aufgepflanzt; dabei hatte er versehentlich seinen Motor abgestellt, und nun bemühte er sich vergeblich, ihn wieder in Gang zu bringen. Als das Licht grün wurde, bat ich ihn mit meiner gewohnten Höflichkeit, sein Motorrad an den Straßenrand zu schieben und mich vorbeizulassen. Der Kleine murkste immer noch an seinem kurzatmigen Motor herum. Er antwortete mir nach guter Pariser Sitte, ich solle mich zum Teufel scheren. Ich wiederholte mein Ansinnen immer noch höflich, aber mit einem leisen Unterton von Ungeduld. Worauf er mir prompt erklärte, auf jeden Fall könne ich ihn... Mittlerweile ging hinter mir das Gehupe wieder los. Ich ersuchte also meinen Motorradfahrer mit allem Nachdruck, gefälligst höflich zu bleiben und sich klar zu machen, daß er ein Verkehrshindernis bilde. Darauf erklärte der jähzornige Kerl, den die nunmehr offenkundige Tücke seines Motors sichtlich erbitterte, wenn ich eine Tracht Prügel wünsche, so wolle er sie mir herzlich gern geben. Ein solches Übermaß an Zynismus erfüllte mich mit einer gesunden Wut, und ich stieg aus, um das ungewaschene Maul gehörig zu stopfen. Ich glaube, nicht eben feige zu sein (aber was glaubt man nicht alles!), ich war einen Kopf größer als mein Gegner, und auf meine Muskeln konnte ich mich verlassen. Ich bin heute noch überzeugt, daß die Prügel eher eingesteckt als ausgeteilt worden wären. Aber kaum stand ich auf dem Pflaster, löste sich aus der sich stauenden Menge ein Mann, stürzte auf mich los, versicherte, ich sei der lumpigste aller Lumpen, und er werde nicht dulden, daß ich die Hand gegen einen Mann erhebe, der durch ein Motorrad behindert und demzufolge im Nachteil sei. Ich kehrte mich unverzüglich diesem edlen Streiter zu, bekam ihn aber gar nicht recht zu Gesicht. Denn kaum hatte ich mich umgewandt, hörte ich das Losknattern des Motorrads und empfing beinahe gleichzeitig einen heftigen Schlag aufs Ohr. Ehe ich Zeit fand, mir des Vorgefallenen bewußt zu werden, war das Motorrad verschwunden. Wie betäubt ging ich auf meinen wackeren Recken zu. Aber gleichzeitig erhob sich aus der beträchtlich angeschwollenen Schlange der Fahrzeuge wieder das aufgebrachte Hupen. Das Licht wurde grün, und anstatt den Kerl, der mich angerempelt hatte, in den Senkel zu stellen,

kehrte ich fügsam und immer noch ein wenig benommen zu meinem Wagen zurück und gab Gas. Im Vorbeifahren wurde ich von dem Idioten mit einem »jämmerlichen Wicht« bedacht, das mir jetzt noch in den Ohren klingt.
Ein belangloser Vorfall, sagen Sie? Zweifellos. Von Belang ist lediglich der Umstand, daß es geraume Zeit dauerte, bis ich ihn vergaß. Dabei hatte ich mir nichts vorzuwerfen. Ich hatte mich schlagen lassen, ohne zurückzuschlagen, aber der Feigheit konnte mich niemand zeihen. Unvermutet von zwei Seiten angegriffen, war mir alles durcheinandergeraten, und die Huperei hatte mich vollends verwirrt. Und doch machte der Zwischenfall mich unglücklich, als hätte ich gegen die Ehre verstoßen. Ich sah mich immer wieder stillschweigend in meinen Wagen steigen, den ironischen Blicken einer Menschenmenge ausgesetzt, deren Schadenfreude um so größer war, als ich – dessen entsinne ich mich noch genau – einen sehr eleganten blauen Anzug trug. Ich hörte immer wieder jenes »jämmerlicher Wicht«, das mir trotz allem gerechtfertigt schien. Denn im Grunde hatte ich in aller Öffentlichkeit gekniffen. Infolge eines Zusammentreffens besonderer Umstände, gewiß, aber es fehlt nie an besonderen Umständen. Nachträglich erkannte ich sehr wohl, was ich hätte tun müssen. Ich sah mich den kühnen Recken mit einem gutgezielten Kinnhaken zu Boden strecken, wieder in den Wagen steigen, dem Dreckkerl nachfahren, der mich geschlagen hatte, ihn einholen, sein Vehikel an den Straßenrand drängen, ihn beiseite nehmen und ihm die Prügel

verabfolgen, die er so reichlich verdient hatte. Mit geringfügigen Varianten ließ ich diesen kleinen Film wohl hundertmal vor meinem geistigen Auge abrollen. Aber es war zu spät, und ein paar Tage lang würgte ich an einem bösen Groll.
Ach, nun regnet es wieder. Wenn es Ihnen recht ist, stellen wir uns ein bißchen unter diesen Torbogen. Schön. Was wollte ich gleich sagen? Richtig, die Ehre! Nun, als mir dieses Begebnis wieder einfiel, begriff ich seinen Sinn: mein Traum hatte ganz einfach die Probe der Wirklichkeit nicht bestanden. Ich hatte, soviel war jetzt klar, davon geträumt, ein ganzer Mensch zu sein, ein Mensch, der sich im persönlichen Bereich wie in seinem Beruf Achtung zu verschaffen wußte. Halb Sugar Ray Robinson, halb de Gaulle, wenn Sie so wollen. Kurzum, ich war bestrebt, in allen Dingen überlegen zu sein. Daher meine Wichtigtuerei, daher auch mein Ehrgeiz, eher mit meiner körperlichen Geschicklichkeit als mit meinen intellektuellen Fähigkeiten Staat zu machen. Aber nachdem ich mich in aller Öffentlichkeit hatte schlagen lassen, ohne mich zu wehren, war es mir nicht mehr möglich, ein so schmeichelhaftes Bild meiner selbst zu hegen. Wäre ich wirklich der Freund der Wahrheit und der Intelligenz gewesen, der zu sein ich vorgab, was hätte mich dann ein Vorfall gekümmert, den die Zuschauer längst vergessen hatten? Ich hätte mir höchstens vorgeworfen, um einer Nichtigkeit willen böse geworden zu sein und, einmal erbost, es aus Mangel an Geistesgegenwart nicht verstanden zu haben, mit den Folgen meiner Wut fertigzuwerden. Statt dessen brannte ich

darauf, Vergeltung zu üben, dreinzuschlagen und zu
siegen. Als bestünde mein wahres Verlangen nicht
darin, das intelligenteste und großzügigste Geschöpf
auf Erden zu sein, sondern zu schlagen, wen ich gerade
Lust hätte, endlich der Stärkere zu sein, und zwar
auf die allerprimitivste Weise.
In Tat und Wahrheit – Sie wissen es selber genau –,
träumt jeder intelligente Mensch davon, ein Gangster
zu sein und mit roher Gewalt über die Gesellschaft
zu herrschen. Da dies nicht so einfach ist, wie die
einschlägigen Romane glauben lassen mögen, verlegt
man sich im allgemeinen auf die Politik und läuft in
die grausamste Partei. Aber nicht wahr, man kann
ja seinen Geist ruhig erniedrigen, wenn einem dafür
alle Welt untertan wird! Ich entdeckte in mir süße
Unterdrücker-Träume. Zumindest merkte ich, daß ich
einzig und allein so lange auf seiten der Schuldigen,
der Angeklagten, stand, als ihr Vergehen mir nicht
zum Nachteil gereichte. Ihre Schuld verlieh mir Beredsamkeit, weil nicht ich ihr Opfer war. Fand ich
mich selbst bedroht, so wurde ich nicht nur meinerseits
zum Richter, sondern darüber hinaus zum jähzornigen
Gebieter, der ohne Ansehen der Gesetze danach verlangte, den Delinquenten niederzuschlagen und in die
Knie zu zwingen. Nach einer solchen Feststellung,
Verehrtester, ist es recht schwierig, weiterhin ernsthaft
zu glauben, man sei zur Gerechtigkeit berufen, zur
Verteidigung der Witwen und Waisen prädestiniert.
Da der Regen immer stärker wird und wir Zeit genug
haben, darf ich es vielleicht wagen, Ihnen eine weitere
Entdeckung anzuvertrauen, die mir mein Gedächtnis

wenig später bescherte. Setzen wir uns auf diese Bank, hier sind wir vor der Nässe geschützt. Seit Jahrhunderten sitzen hier Männer, rauchen ihre Pfeife und schauen in den ewig gleichen Regen über dem ewig gleichen Kanal. Was ich Ihnen jetzt zu erzählen habe, ist ein bißchen schwieriger. Es handelt sich diesmal um eine Frau. Ich muß vorausschicken, daß ich bei den Frauen immer Erfolg hatte, und zwar ohne mich besonders anzustrengen. Ich sage nicht, ich hätte den Erfolg gehabt, sie oder auch nur mich selbst durch sie glücklich zu machen. Nein, ganz einfach Erfolg. Ich erreichte, was ich wollte, mehr oder weniger wann ich wollte. Man fand, ich habe Charme, stellen Sie sich das vor! Sie wissen ja, was Charme ist: eine Art, ein Ja zur Antwort zu erhalten, ohne eine klare Frage gestellt zu haben. In dieser Lage befand ich mich damals. Das überrascht Sie offenbar? Sie dürfen es ruhig zugeben. Mein jetziges Aussehen ist ja wirklich nicht mehr danach. Ach! Von einem bestimmten Alter an ist jeder Mensch für sein Gesicht verantwortlich. Das meine... Aber das ist ja gleichgültig! Die Tatsache bleibt bestehen. Man fand, ich habe Charme, und ich nützte diesen Umstand aus.
Indessen war gar keine Berechnung dabei; ich war aufrichtig, oder doch beinahe. Meine Beziehungen zu den Frauen waren natürlich, einfach, ungezwungen. Ich verwandte keine Schliche, außer vielleicht jene offenkundigen, die die Frauen als Kompliment auffassen. Ich liebte die Frauen, wie man zu sagen pflegt, das heißt daß ich keine je geliebt habe. Ich habe Frauenhaß immer vulgär und dumm gefunden, und

beinahe alle weiblichen Wesen, die ich kannte, schienen mir besser zu sein als ich. Aber obwohl ich eine so hohe Meinung von ihnen hegte, habe ich sie häufiger ausgenützt als ihnen gedient. Wie soll man sich da zurechtfinden?
Natürlich ist wahre Liebe eine Seltenheit, die kaum zwei- oder dreimal in einem Jahrhundert vorkommen mag. Alles andere ist Eitelkeit oder Langeweile. Ich jedenfalls war keine Portugiesische Nonne. Mein Herz ist beileibe nicht fühllos, im Gegenteil, es überbordet vor Rührseligkeit, und zudem habe ich nahe am Wasser gebaut. Nur sind meine Herzensregungen immer auf mich selbst gerichtet, und meine Rührung betrifft meine eigene Person. Es stimmt übrigens nicht, daß ich nie geliebt habe. Ich habe in meinem Leben zumindest eine große Liebe gekannt, und ihr Gegenstand war jederzeit ich. In dieser Hinsicht war meine Haltung nach den unvermeidlichen Schwierigkeiten der frühen Jugendjahre gar bald festgelegt: die Sinnlichkeit, und nur sie allein, beherrschte mein Liebesleben. Ich suchte einzig nach Objekten der Lust und der Eroberung. Meine Veranlagung kam mir dabei übrigens zustatten, hat die Natur mich doch großzügig bedacht. Ich tat mir nicht wenig darauf zugute und verdankte diesem Umstand gar manche Befriedigung, ohne heute mehr sagen zu können, worin sie bestand, ob im Vergnügen oder im Prestige. Ich weiß schon, jetzt denken Sie wieder, ich renommiere. Ich will das auch gar nicht in Abrede stellen, und es ist mir um so unangenehmer, als ich mich diesmal mit Sachen brüste, die wahr sind.

Wie dem auch sei, meine Sinnlichkeit, um nur von ihr zu sprechen, war so mächtig, daß ich sogar um eines Abenteuers von zehn Minuten willen Vater und Mutter verleugnet hätte, auf die Gefahr hin, es nachträglich bitter zu bereuen. Aber was sage ich! Vor allem um eines Abenteuers von zehn Minuten willen, und erst recht, wenn ich die Gewißheit hatte, daß es dabei sein Bewenden haben werde. Natürlich hatte ich Prinzipien, so zum Beispiel, daß die Frau eines Freundes tabu sei. Indessen hörte ich einfach in aller Aufrichtigkeit ein paar Tage vorher auf, für den jeweiligen Ehemann Freundschaft zu empfinden. Vielleicht sollte ich das nicht Sinnlichkeit nennen? An sich ist die Sinnlichkeit nichts Abstoßendes. Üben wir Nachsicht und sprechen wir von einem Gebrechen, von einer Art angeborener Unfähigkeit, in der Liebe etwas anderes zu erblicken als den Liebesakt. Dieses Gebrechen war letzten Endes ganz angenehm. Gepaart mit meiner Fähigkeit des Vergessens, kam es meiner Freiheit zustatten. Da es mir auch den Anschein einer gewissen Distanziertheit und unzähmbaren Unabhängigkeit verlieh, bot es mir gleichzeitig Gelegenheit zu neuen Erfolgen. Ich war dermaßen unromantisch, daß ich schließlich den romantischen Gefühlen kräftige Nahrung bot. Unsere schönen Freundinnen haben nämlich dies eine mit Napoleon gemeinsam, daß sie stets glauben, dort Erfolg zu haben, wo alle anderen gescheitert sind.
Diese Beziehungen befriedigten übrigens nicht nur meine Sinnlichkeit, sondern zugleich auch meine Freude am Spiel! Ich liebte die Frauen als Partnerinnen

in einem bestimmten Spiel, das irgendwie nach Unschuld schmeckte. Sehen Sie, ich vertrage es nicht, mich zu langweilen, und schätze am Leben nur die unterhaltsamen Seiten. Jede noch so brillante Gesellschaft geht mir bald auf die Nerven, während ich mich mit keiner Frau, die mir gefiel, je gelangweilt habe. Es fällt mir schwer, es einzugestehen, aber ich hätte ohne weiteres zehn Gespräche mit Einstein für ein erstes Rendezvous mit einer hübschen Statistin hingegeben. Beim zehnten Stelldichein sehnte ich mich dann allerdings nach Einstein oder doch nach einem kräftigen Buch. Kurzum, die weltbewegenden Probleme interessierten mich nur, wenn ich nicht gerade durch ein Techtelmechtel in Anspruch genommen war. Wie oft ist es mir nicht widerfahren, daß ich mit Freunden auf einem Gehsteig beisammenstand und mitten in der hitzigsten Diskussion plötzlich den Faden des Gesprächs verlor, weil im selben Augenblick ein knuspriges Ding die Straße überquerte!
Ich hielt mich an die Spielregeln. Ich wußte, daß es den Frauen gefiel, wenn man nicht geradewegs aufs Ziel zusteuerte. An den Anfang gehörte Konversation, Zärtlichkeit, wie sie zu sagen pflegen. Um Reden war ich als Anwalt nicht verlegen, und auch um Blicke nicht, da ich als Soldat ein wenig Schauspielerei erlernt hatte. Ich wechselte oft die Rolle; aber das Stück blieb sich immer gleich. Die Szene der unerklärlichen Anziehung zum Beispiel, das »gewisse Etwas«, das »es gibt kein Warum und Weshalb«, »ich begehrte nicht, mich zu verlieben«, »dabei war ich der Liebe wahrhaftig überdrüssig...« und so weiter, war eine Num-

mer, die immer zog, obwohl sie zu den Ladenhütern des Repertoires gehört. Dann gab es auch die Nummer des geheimnisvollen Glücks, das einem keine andere Frau je schenkte, dem vielleicht kein Morgen beschieden war, sogar sicher nicht (man kann sich nie genug vorsehen!), das aber gerade deswegen unersetzlich war. Vor allem hatte ich eine kleine Tirade ausgearbeitet, die immer gute Aufnahme fand und der gewiß auch Sie Beifall zollen werden. Diese Rede bestand im wesentlichen in der schmerzlich-resignierten Behauptung, daß ich ein nichtiger Mensch sei, daß es sich nicht verlohne, mich lieb zu haben, daß mein Leben fernab am trauten Glück des Alltags vorbeiführte, jenem Glück, das ich vielleicht allen Gütern vorgezogen hätte, aber nun sei es eben zu spät. Über die Gründe dieser unwiderruflichen Verspätung schwieg ich mich wohlweislich aus, da es bekanntlich klüger ist, sein Geheimnis mit in den Schlaf zu nehmen. In gewissem Sinn glaubte ich übrigens selber, was ich sagte, ich ging ganz in meiner Rolle auf. Was Wunder, daß meine Partnerinnen die ihre ebenfalls mit feuriger Begeisterung spielten! Die empfindsamsten unter meinen Freundinnen bemühten sich, mich zu verstehen, und dieses Bemühen umgab ihre Kapitulation mit einem Anhauch von Melancholie. Die anderen stellten befriedigt fest, daß ich mich an die Spielregeln hielt und so viel Zartgefühl besaß, erst zu reden und dann zu handeln, und gingen ungesäumt zu den Tatsachen über. Dann hatte ich gewonnen, und zwar zwiefach, da ich nicht nur mein Verlangen, sondern auch meine Eigenliebe befriedigte, indem ich

meine so wunderbar unwiderstehliche Macht jedesmal neu unter Beweis stellte.
So sehr, daß ich sogar in den Fällen, in denen mir nur eine mittelmäßige Lust zuteil wurde, doch von Zeit zu Zeit die Verbindung wieder aufzunehmen trachtete. Mitbestimmend war dabei ohne Zweifel jenes eigenartige Verlangen, das eine nach langer Trennung unvermittelt wiederentdeckte Gemeinsamkeit schürt, indessen zugleich auch der Wunsch, mich zu vergewissern, daß die Bande zwischen uns sich nicht gelöst hatten und daß es in meinem Belieben stand, sie wieder enger zu knüpfen. Um meine diesbezüglichen Besorgnisse ein für allemal zu zerstreuen, ging ich manchmal sogar so weit, meine Freundinnen schwören zu lassen, daß sie keinem anderen Mann angehören würden. Das Herz jedoch hatte keinen Teil an dieser Befürchtung, ja nicht einmal die Phantasie. Ich war nämlich von so eingefleischter Überheblichkeit, daß ich mir trotz dem augenfälligen Beweis des Gegenteils nur mit Mühe vorzustellen vermochte, eine Frau, die ich besessen hatte, könne je einem anderen angehören. Aber der Treueschwur, den sie mir leisteten, gab mir die Freiheit zurück, indem er sie band. Sobald ausgesprochen war, daß sie mir die Treue halten würden, konnte ich mich zum Bruch entschließen, was mir andernfalls beinahe immer unmöglich war. In solchen Fällen war die Nachprüfung ein für allemal vollzogen und meine Macht auf lange Zeit hinaus gesichert. Sonderbar, nicht wahr? Und doch ist dem so, Verehrtester. Die einen flehen: »Hab' mich lieb!« Die anderen: »Hab' mich nicht lieb!« Aber ein bestimmter

Schlag, der zugleich schlimmste und unglücklichste, verlangt: »Hab' mich nicht lieb und bleib mir treu!«
Nun ist aber die Nachprüfung nie endgültig, man muß sie bei jedem Menschen neu beginnen. Und wenn man dies oft genug tut, legt man sich Gewohnheiten zu. Bald fließt einem die Rede gedankenlos von den Lippen, der Reflex stellt sich ein, und eines schönen Tages ist man so weit, daß man nimmt, ohne wirklich zu begehren. Glauben Sie mir, es gibt nichts Schwierigeres auf der Welt, zumindest für gewisse Menschen, als nicht zu nehmen, was man nicht begehrt.
Eines Tages trat dieser Fall ein. Es hat keinen Zweck, Ihnen den Namen der Frau zu nennen, es sei höchstens erwähnt, daß sie mich, ohne mich wirklich zu verwirren, durch ihre passive und lüsterne Art angezogen hatte. Offen gesagt, es war, wie nicht anders zu erwarten stand, ein mäßiges Vergnügen. Aber ich habe nie an Komplexen gelitten und vergaß die Betreffende bald, zumal ich ihr auch nicht mehr begegnete. Ich dachte, ihr sei nichts aufgefallen; ich vermochte mir nicht einmal vorzustellen, daß sie überhaupt ein Urteil haben könne. Überdies trennte ihre Passivität sie in meinen Augen von der Welt. Ein paar Wochen später erfuhr ich jedoch, daß sie mein Ungenügen einer Drittperson verraten hatte. Im ersten Augenblick hatte ich das Gefühl, irgendwie hintergangen worden zu sein; sie war also gar nicht so passiv, wie ich glaubte, und ermangelte nicht des eigenen Urteils. Dann zuckte ich die Achseln und gab vor, darüber zu lachen. Ich lachte sogar wirklich darüber; es war ja klar, daß dieser Zwischenfall völlig

belanglos war. Wenn es überhaupt ein Gebiet gibt, auf dem Bescheidenheit die Regel sein sollte, dann doch gewiß das Geschlechtsleben mit all seinen Zufälligkeiten. Mitnichten! Jeder sucht sich selbst in ein möglichst vorteilhaftes Licht zu setzen, sogar wenn er mit sich allein ist. Und welches war denn auch trotz meines Achselzuckens mein Verhalten? Einige Zeit danach sah ich jene Frau wieder; ich tat alles, um sie zu verführen und wirklich zu besitzen. Es war nicht besonders schwierig: auch die Frauen lieben es nicht, ein Fiasko auf sich beruhen zu lassen. Von diesem Augenblick an begann ich, ohne es bewußt zu wollen, sie auf alle möglichen Weisen zu demütigen. Ich stieß sie von mir und nahm sie wieder, ich zwang sie, sich mir zu Zeiten und an Orten hinzugeben, die sich nicht dazu eigneten, ich behandelte sie in allen Dingen mit solcher Rücksichtslosigkeit, daß ich schließlich an ihr hing, wie etwa ein Kerkermeister an seinem Sträfling hängen mag. So ging das fort bis zu dem Tag, da sie im wilden Aufruhr einer schmerzlichen und erzwungenen Lust laut und deutlich dem huldigte, was sie unterjochte. An diesem Tag begann ich, mich von ihr zu lösen. Seitdem habe ich sie vergessen. Ich will Ihnen trotz Ihres höflichen Schweigens gerne zugestehen, daß dieses Abenteuer nicht eben ein Ruhmesblatt darstellt. Überdenken Sie jedoch Ihr eigenes Leben, Verehrtester! Forschen Sie in Ihrem Gedächtnis, vielleicht stoßen sie auf eine ähnliche Geschichte, die Sie mir später einmal erzählen. Nun, als dieses Erlebnis mir wieder einfiel, fing ich neuerlich an zu lachen. Aber es war ein anderes Lachen, jenem ähnlich, das ich auf dem Pont des Arts gehört hatte. Ich lachte über meine Reden und meine Plädoyers. Nebenbei gesagt, mehr noch über meine Plädoyers als über meine Reden an die Frauen. Denen log ich wenigstens nicht viel vor. Der Instinkt sprach deutlich und ohne Winkelzüge aus meiner Haltung. Der Liebesakt zum Beispiel ist ein Geständnis. Hier tritt der Egoismus schreiend zutage, hier feiert die Eitelkeit Triumphe, oder aber es enthüllt sich die wahre Großmut. Letzten Endes war ich in dieser betrüblichen Geschichte freimütiger gewesen als ich glaubte, so freimütig wie noch in keiner anderen Liebschaft, ich hatte Farbe bekannt und gezeigt, welches Leben zu führen ich fähig war. Allem Anschein zum Trotz besaß ich also in meinem Privatleben, sogar – oder gerade – wenn ich mich so betrug, wie ich es Ihnen geschildert habe, doch noch mehr Würde als in meinen großartigen beruflichen Ergüssen über Unschuld und Gerechtigkeit. Wenn ich sah, wie ich mit den Menschen umsprang, konnte ich mich wenigstens nicht über mein wahres Wesen täuschen. In seiner Lust ist kein Mensch verlogen – habe ich das irgendwo gelesen oder selbst gedacht, Verehrtester?

Wenn ich so überlegte, welche Schwierigkeit mir die endgültige Trennung von einer Frau bereitete, ein Umstand, der mich zu so vielen gleichzeitigen Liebschaften führte, suchte ich die Schuld nicht in der Zärtlichkeit meines Herzens. Nicht sie trieb mich zum Handeln, wenn eine meiner Freundinnen es müde wurde, auf das Austerlitz unserer Leidenschaft zu warten, und Miene machte, sich zurückzuziehen.

Augenblicklich war ich es, der einen Schritt vorwärts tat, Zugeständnisse machte, Beredsamkeit entfaltete. In ihnen erweckte ich die Zärtlichkeit und die süße Schwäche des Herzens, während ich selbst nur deren Abklatsch empfand, einzig durch ihre Absage ein wenig erregt und auch von der Möglichkeit erschreckt, eine Zuneigung zu verlieren. Zuweilen glaubte ich sogar, wahrhaft zu leiden. Es genügte indessen, daß die Widerspenstige mich wirklich verließ – und schon vergaß ich sie mühelos, wie ich sie auch an meiner Seite vergaß, wenn sie sich im Gegenteil dazu entschlossen hatte, zu mir zurückzukehren. Nein, es war weder die Liebe noch Großmut, die mich wachrüttelte, wenn ich Gefahr lief, verlassen zu werden: es war einzig der Wunsch, geliebt zu sein und zu erhalten, was mir meiner Meinung nach gebührte. Sobald ich geliebt wurde und meine Gefährtin wieder vergessen hatte, glänzte ich vor Zufriedenheit, zeigte mich von meiner besten Seite und wurde sympathisch.

Wohlgemerkt: diese Zuneigung empfand ich als Last, sobald ich sie zurückgewonnen hatte. In Augenblicken der Gereiztheit sagte ich mir dann wohl, es wäre das beste, die betreffende Person stürbe. Dieser Tod hätte einerseits unserer Beziehung Endgültigkeit verliehen und ihr andererseits jeden Zwang genommen. Aber man kann nicht allen Leuten den Tod wünschen und zu guter Letzt die ganze Erde entvölkern, um eine anders nicht ausdenkbare Freiheit zu genießen. Meine Empfindsamkeit empörte sich dagegen, und auch meine Liebe zu den Menschen.

Das einzige echte Gefühl, das ich mitunter bei diesen Liebeleien empfand, war Dankbarkeit, wenn alles gut ging und man mir nicht nur meinen Frieden ließ, sondern zugleich völlige Bewegungsfreiheit; und nie war ich netter und fröhlicher mit einer Frau, als wenn ich eben aus dem Bett einer anderen kam. Es war, als übertrüge ich die bei der einen eingegangene Schuld auf alle anderen. So groß übrigens die scheinbare Verwirrung meiner Gefühle auch sein mochte, das Ergebnis war eindeutig: ich bewahrte mir jede Zuneigung, um mich ihrer zu bedienen, wann es mir paßte. Ich konnte also zugegebenermaßen nur unter der Bedingung leben, daß auf dem ganzen Erdenrund alle oder doch möglichst viele Menschen mir zugekehrt waren, unwandelbar frei für mich, des Eigenlebens beraubt, allzeit bereit, meinem Ruf Folge zu leisten, der Unfruchtbarkeit anheimgegeben in Erwartung des Tages, da ich geruhen würde, ihnen mein Licht zuteil werden zu lassen. Kurzum, damit ich glücklich sein konnte, durften die von mir erwählten Geschöpfe kein Leben besitzen. Sie sollten ihr Leben nur von Zeit zu Zeit nach meinem Belieben von mir empfangen.

Oh, Sie dürfen mir glauben, daß ich Ihnen dies alles ohne Selbstgefälligkeit erzähle! Wenn ich an jenen Abschnitt meines Lebens denke, da ich alles forderte und selbst nichts dafür zahlte, da ich so viele Menschen in meinen Dienst nahm, sie gewissermaßen auf Eis legte, um sie nach Lust und Laune zu gegebener Zeit bei der Hand zu haben, beschleicht mich ein eigenartiges Gefühl, das ich nicht richtig zu benennen weiß. Sollte es am Ende Scham sein? Sagen Sie mir, Verehrtester, ist die Scham nicht ein Gefühl, das ein bißchen brennt? Wirklich? Dann ist es wahrscheinlich Scham oder irgendeines jener lächerlichen Gefühle, die mit der Ehre zusammenhängen. Wie dem auch sei, mir will scheinen, dieses Gefühl habe mich nie mehr verlassen, seit ich im Mittelpunkt meines Gedächtnisses jenes Erlebnis wiederfand, dessen Bericht ich nun nicht länger hinauszuschieben vermag, trotz all meiner Abschweifungen, trotz aller Bemühungen meiner Erfindungsgabe, der Sie, wie ich hoffe, Gerechtigkeit widerfahren lassen.

Wahrhaftig, der Regen hat aufgehört! Haben Sie doch die Güte, mich nach Hause zu begleiten! Ich fühle mich müde, seltsam müde, nicht, weil ich so viel gesprochen habe, sondern beim bloßen Gedanken an das, was mir noch zu sagen bleibt. Ach was! Ein paar Sätze genügen, um von meiner entscheidenden Entdeckung zu berichten. Warum auch viele Worte machen? Erst wenn der Taubenschwarm der schönen Reden aufgeflogen ist, wird das Standbild in seiner ganzen Blöße sichtbar. Nun denn. In einer Nacht im November, zwei oder drei Jahre vor dem Abend, da ich in meinem Rücken ein Lachen zu hören vermeinte, kehrte ich über den Pont Royal aufs linke Seine-Ufer nach Hause zurück. Es war eine Stunde über Mitternacht; ein feiner Regen fiel, ein Nieseln vielmehr, das die vereinzelten Fußgänger verscheuchte. Ich kam eben von einer Freundin, die nun gewiß bereits schlief. Ich war glücklich über diesen Gang durch die Nacht, ein wenig benommen, und das Blut, das meinen

beruhigten Körper durchpulste, war sanft wie der Regen. Auf der Brücke erblickte ich eine Gestalt, die sich über das Geländer neigte und den Fluß zu betrachten schien. Im Näherkommen gewahrte ich, daß es eine schlanke, schwarz gekleidete junge Frau war. Zwischen dem dunklen Haar und dem Mantelkragen war ein frischer, regennasser Nacken sichtbar, der mich nicht gleichgültig ließ. Eine Sekunde lang zögerte ich, dann setzte ich meinen Weg fort. Auf dem anderen Ufer schlug ich die Richtung zum Platz Saint-Michel ein, wo ich wohnte. Ich hatte schon etwa fünfzig Meter zurückgelegt, als ich das Aufklatschen eines Körpers auf dem Wasser hörte; in der nächtlichen Stille kam mir das Geräusch trotz der Entfernung ungeheuerlich laut vor. Ich blieb jäh stehen, wandte mich jedoch nicht um. Beinahe gleichzeitig vernahm ich einen mehrfach wiederholten Schrei, der flußabwärts trieb und dann plötzlich verstummte. In der unvermittelt erstarrten Nacht erschien mir die zurückgekehrte Stille endlos. Ich wollte laufen und rührte mich nicht. Ich glaube, daß ich vor Kälte und Fassungslosigkeit zitterte. Ich sagte mir, daß Eile not tat, und fühlte, wie eine unwiderstehliche Schwäche meinen Körper überfiel. Ich habe vergessen, was ich in jenem Augenblick dachte. »Zu spät, zu weit weg...« oder etwas Derartiges. Regungslos lauschte ich immer noch. Dann entfernte ich mich zögernden Schrittes im Regen. Ich benachrichtigte niemand.
Aber wir sind am Ziel, das ist mein Haus, mein Unterschlupf. Morgen? Gewiß, wenn Sie Lust haben. Ich will Sie gerne auf die Insel Marken führen und Ihnen

die Zuydersee zeigen. Treffen wir uns um elf im *Mexico-City*. Wie bitte? Jene Frau? Ach, ich weiß nicht, wirklich, ich weiß es nicht. Weder am nächsten noch an den folgenden Tagen habe ich die Zeitung gelesen.

Ein Puppendorf, finden Sie nicht auch? Kein malerischer Zug ist ihm erspart geblieben! Aber nicht des Pittoresken wegen habe ich Sie auf diese Insel geführt, verehrter Freund. Hauben, Holzschuhe, schmucke Häuser, wo die Fischer feinen Tabak in den Geruch von Bohnerwachs hineinschmauchen – das kann ein jeder Ihrer Bewunderung vorführen. Ich hingegen gehöre zu den wenigen, die Ihnen zeigen können, was hier von Wichtigkeit ist.
Nun kommen wir zum Deich. Wir müssen ihn entlanggehen, um uns möglichst weit von diesen allzu niedlichen Häuschen zu entfernen. Wenn es Ihnen recht ist, wollen wir uns setzen. Was sagen Sie dazu? Können Sie sich eine schönere negative Landschaft vorstellen? Schauen Sie: zur Linken ein Aschenhaufen, den man hierzulande eine Düne nennt, zur rechten der graue Deich, zu unseren Füßen der fahle Strand und vor uns das Meer von der Farbe einer dünnen Lauge und der weite Himmel, in dem sich das bleiche Wasser spiegelt. Wahrlich eine gallertartige Hölle! Lauter waagrechte Linien, keinerlei Glanz, der Raum ist farblos, das Leben tot. Ist dies nicht die alles erfassende Auflösung, das sichtbar gewordene Nichts? Keine Menschen, vor allem keine Menschen! Nur Sie und ich angesichts des endlich von allen Lebewesen befreiten Planeten! Der Himmel lebt? Sie haben recht, verehrter Freund. Er verdichtet sich und tut sich

wieder auf, öffnet Lufttreppen und schließt Wolkentore. Das sind die Tauben. Ist Ihnen nicht aufgefallen, daß in Holland der Himmel von Millionen Tauben bevölkert ist? Sie fliegen so hoch, daß sie unsichtbar bleiben, sie schlagen mit den Flügeln, sie schwingen sich im gleichen Rhythmus aufwärts und abwärts und erfüllen den Himmelsraum mit dicken Schwaden grauer Federn, die vom Wind fortgetragen oder hergeweht werden. Die Tauben warten dort oben, sie warten das ganze Jahr. Sie schweben über der Erde, schauen herunter und möchten herabfahren. Aber da ist nichts als die See und die Kanäle, die schilderbewehrten Dächer und kein Haupt, auf dem sie sich niederlassen könnten.
Sie verstehen nicht, was ich meine? Ich muß bekennen, daß ich sehr müde bin. Ich verliere den Faden meiner Rede, mein Geist besitzt jene Klarheit nicht mehr, die meine Freunde so hoch zu rühmen liebten. Meine Freunde sage ich übrigens dem Grundsatz zuliebe. Ich habe keine Freunde mehr, ich habe nur noch Komplicen. Dafür hat ihre Zahl zugenommen, sie umfaßt das ganze Geschlecht der Menschen. Und unter den Menschen kommen Sie an erster Stelle. Der just Anwesende kommt immer an erster Stelle. Woher ich weiß, daß ich keine Freunde habe? Sehr einfach: das habe ich an dem Tag entdeckt, da ich mich umzubringen gedachte, um ihnen einen Streich zu spielen, um sie gewissermaßen zu strafen. Aber wen zu strafen? Ein paar wären überrascht gewesen, doch niemand hätte sich gestraft gefühlt. Da habe ich begriffen, daß ich keine Freunde hatte. Doch selbst wenn ich welche

gehabt hätte, das hätte mir nicht weitergeholfen. Wenn ich hätte Selbstmord begehen und dann ihr Gesicht sehen können, ja, dann hätte es sich gelohnt. Aber das Erdreich ist finster, verehrter Freund, das Holz dick und undurchsichtig das Leichentuch. Die Augen der Seele? Ja, zweifellos, wenn es eine Seele gibt und wenn sie Augen hat. Aber eben, das weiß man nicht sicher, nie ist man sicher. Sonst gäbe es ja einen Ausweg, und man könnte dafür sorgen, daß man endlich ernst genommen wird. Die Menschen werden erst durch unseren Tod von unseren Gründen, unserer Aufrichtigkeit und der Tiefe unseres Kummers überzeugt. Solange man lebt, ist man suspekt und hat nur Anrecht auf ihre Skepsis. Wenn es daher eine einzige Gewißheit gäbe, daß man das Schauspiel genießen kann, würde es sich lohnen, ihnen zu beweisen, was sie nicht glauben wollen, und sie in Erstaunen zu versetzen. Aber da bringt man sich um, und was nützt es, ob sie einem Glauben schenken oder nicht: man ist ja nicht da, um ihre Verwunderung und ihre – übrigens flüchtige – Zerknirschung mitanzusehen und dann schließlich, den Wunschtraum eines jeden Menschen verwirklichend, dem eigenen Begräbnis beizuwohnen. Um aufzuhören, suspekt zu sein, muß man schlankweg aufhören, zu sein.

Ist es übrigens nicht besser so? Wir würden zu sehr unter ihrer Gleichgültigkeit leiden. »Das wirst du mir büßen!« sagte eine Tochter zu ihrem Vater, der ihre Heirat mit einem allzu geschniegelten Verehrer hintertrieben hatte. Und brachte sich um. Doch der Vater hat gar nichts gebüßt. Er war ein leidenschaftlicher

Angler. Drei Sonntage später ging er wieder an den Fluß, um Vergessen zu suchen, wie er sagte. Die Rechnung stimmte: er vergaß. Offen gestanden wäre das Gegenteil verwunderlich gewesen. Man glaubt zu sterben, um seine Frau zu strafen, und dabei gibt man ihr die Freiheit zurück. Da ist es schon besser, so etwas nicht mitansehen zu müssen. Ganz zu schweigen von dem Umstand, daß man Gefahr liefe, zu vernehmen, was für Gründe einem untergeschoben werden. In meinem Fall höre ich sie geradezu: »Er hat sich umgebracht, weil er es nicht ertragen konnte, daß...« Ach, verehrter Freund, wie dürftig ist doch die Phantasie der Menschen! Sie wähnen immer, man begehe Selbstmord aus einem Grund. Aber man kann sich das Leben sehr wohl aus zwei Gründen nehmen... Doch nein, das will ihnen nicht in den Kopf. Wozu dann also freiwillig sterben, sich für das Bild opfern, das die anderen sich von einem machen sollen! Wenn man tot ist, nützen sie das sofort aus, um die Tat durch idiotische oder aber vulgäre Beweggründe zu erklären. Die Märtyrer, verehrter Freund, haben die Wahl, vergessen, verspottet oder ausgebeutet zu werden. Verstanden werden sie nie.
Und zudem – ohne Umschweife sei es bekannt – liebe ich das Leben, darin besteht meine wahre Schwäche. Ich liebe es so sehr, daß meine Vorstellungskraft nichts zu erfassen vermag, was außerhalb liegt. Eine solche Gier hat etwas Plebejisches, finden Sie nicht? Aristokratie ist nicht denkbar ohne eine gewisse Distanz sich selber und seinem eigenen Leben gegenüber. Man stirbt, wenn es sein muß, man will lieber brechen als

biegen. Ich jedoch biege, weil ich fortfahre, mich zu lieben. Was glauben Sie zum Beispiel, daß ich nach all den Erlebnissen empfand, von denen ich Ihnen erzählte? Ekel vor mir selber? Bewahre! In erster Linie Ekel vor den Mitmenschen. Gewiß sah ich mein Versagen immer ein und bedauerte es. Und doch fuhr ich fort, es mit recht verdienstlicher Beharrlichkeit zu vergessen. Über die Mitmenschen hingegen saß ich in meinem Herzen unablässig zu Gericht. Das finden Sie sicher empörend? Sie denken vielleicht, es sei nicht logisch? Es geht aber nicht darum, logisch zu sein. Es geht darum, zwischen den Maschen hindurchzuschlüpfen, und vor allem, o ja, vor allem darum, sich dem Urteil zu entziehen. Ich sage nicht, sich der Strafe zu entziehen, denn die Strafe ohne Urteil ist erträglich. Sie hat übrigens einen Namen, der für unsere Unschuld bürgt: das Unglück. Nein, es handelt sich im Gegenteil darum, dem Urteil zu entgehen, sich nicht ständig richten zu lassen, so daß der Spruch nie gefällt wird.

Aber man entgeht ihm nicht so leicht. Zum Richten sind wir heutzutage immer bereit, wie zum Huren. Mit dem Unterschied, daß hier kein Versagen zu befürchten ist. Wenn Sie daran zweifeln, so lauschen Sie ein bißchen auf die Tischgespräche in jenen Ferienhotels, wo unsere so ungemein liebreichen Mitbürger im August ihre Langeweilekur absitzen. Wenn Sie immer noch nicht überzeugt sind, so lesen Sie die Schriften unserer großen Zeitgenossen. Oder beobachten Sie Ihre eigene Familie, dann wird Ihnen ein Licht aufgehen. Mein lieber Freund, geben wir ihnen

ja keinen Vorwand, auch nicht den geringsten, uns zu richten! Sonst werden wir in Stücke gerissen. Wir sind zu der gleichen Vorsicht gezwungen wie der Tierbändiger. Wenn er das Pech hat, sich vor dem Betreten des Käfigs beim Rasieren zu schneiden – was für ein Festschmaus für die Raubtiere! Das ist mir mit einem Schlag an jenem Tag aufgegangen, da mir der Verdacht kam, daß ich vielleicht nicht ganz so bewundernswert sei. Von diesem Augenblick an war ich auf der Hut. Da ich ein wenig blutete, lief ich Gefahr, restlos draufzugehen: sie waren bereit, mich zu verschlingen.
Meine Beziehungen zu den Mitmenschen blieben scheinbar dieselben, und doch gerieten sie unmerklich aus dem Gleichgewicht. Meine Freunde hatten sich nicht verändert. Sie rühmten gelegentlich immer noch die Harmonie und die Sicherheit, die man im Umgang mit mir fand. Ich jedoch spürte nur die Mißklänge, die Unordnung, die mich erfüllte; ich fühlte mich verwundbar und dem öffentlichen Ankläger ausgeliefert. Die Menschen hörten auf, die ehrfürchtigen Zuhörer zu sein, die sie bisher in meinen Augen gewesen waren. Der Kreis, dessen Mittelpunkt ich war, zersprang, und sie stellten sich alle in eine Reihe wie bei Gericht. Vom Augenblick an, da ich befürchtete, es sei an mir etwas zu richten, merkte ich, daß sie im Grunde eine unwiderstehliche Berufung zum Richten in sich trugen. Gewiß, sie umgaben mich wie früher, aber sie lachten. Oder vielmehr war mir, als ob jeder, dem ich begegnete, mich mit einem verhohlenen Lächeln anschaute. Zu jener Zeit gewann ich sogar den Eindruck,

daß man mir hin und wieder ein Bein stellte. Denn zwei- oder dreimal stolperte ich beim Betreten eines öffentlichen Lokals ganz ohne Grund. Einmal fiel ich sogar der Länge nach hin. Als guter Kartesianer, wie sich dies für einen Franzosen gehört, faßte ich mich jedoch gleich wieder und schrieb diese Mißgeschicke der einzigen vernünftigen Gottheit zu, nämlich dem Zufall. Gleichviel – ein gewisses Mißtrauen blieb zurück.

Nachdem meine Aufmerksamkeit einmal geweckt war, fiel es mir nicht schwer, festzustellen, daß ich Feinde besaß. Zunächst in meinem Beruf, dann aber auch in meinem Privatleben. Die einen hatte ich mir verpflichtet, die anderen hätte ich mir verpflichten sollen. Im Grunde war das alles ganz natürlich, und die Entdeckung bekümmerte mich nicht allzusehr. Hingegen war es schwer und schmerzlicher, zu erkennen, daß ich auch unter Leuten, die ich kaum oder gar nicht kannte, Feinde besaß. Mit der Naivität, für die ich Ihnen nun einige Beweise geliefert habe, war ich immer überzeugt gewesen, daß diejenigen, die mich nicht kannten, mich unweigerlich gern haben müßten, sobald sie mit mir verkehrten. Mitnichten! Ich stieß auf Feindschaft gerade bei Menschen, die mich nur von sehr ferne kannten und die mir selber völlig fremd waren. Zweifellos hatten sie mich im Verdacht, in vollen Zügen zu leben und mich rückhaltlos dem Glück hinzugeben – das aber ist unverzeihlich. Die auf eine gewisse Art zur Schau getragene Aura des Erfolgs könnte das geduldigste Lamm zur Raserei treiben. Andererseits war mein Leben bis zum Rande ausgefüllt, und aus Zeitmangel wies ich manches Entgegenkommen zurück. Aus dem gleichen Grunde vergaß ich nachher meine Ablehnung. Aber entgegengekommen waren mir Leute, deren Leben nicht ausgefüllt war und die aus eben diesem Grunde meine Ablehnung nicht vergaßen.

So kamen die Frauen, um nur ein Beispiel herauszugreifen, mich letzten Endes teuer zu stehen. Die mit ihnen verbrachte Zeit konnte ich nicht den Männern widmen, und diese verziehen mir das nicht immer. Was tun? Glück und Erfolg werden einem nur vergeben, wenn man großmütig einwilligt, beide zu teilen. Aber um glücklich zu sein, darf man sich nicht zu sehr mit den Mitmenschen beschäftigen. Und so ist die Lage ausweglos. Glücklich und gerichtet oder freigesprochen und elend. In meinem Fall war die Ungerechtigkeit noch größer: ich wurde um eines ehemaligen Glückes willen verurteilt. Lange hatte ich im Wahn einhelligen Wohlwollens gelebt, während von allen Seiten Richtsprüche, Pfeile und Spötteleien auf mich, der ich zerstreut lächelte, herunterprasselten. An jenem Tag, da das Warnsignal mich aufschreckte, fiel es mir wie Schuppen von den Augen; ich empfing alle Wunden gleichzeitig und verlor meine Kräfte auf einen einzigen Schlag. Und das ganze Weltall um mich herum begann zu lachen.

Gerade das ist es jedoch, was kein Mensch – es sei denn ein Weiser, aber der lebt ja nicht – ertragen kann. Die einzige Gegenwehr besteht in der Bosheit. Die Leute beeilen sich dann, zu richten, um nicht selber gerichtet zu werden. Was wollen Sie? Es gibt für

den Menschen keinen Begriff, der ihm so natürlich, so selbstverständlich und gleichsam im Grund seines Wesens verwurzelt erschiene wie der Begriff seiner Unschuld. Von diesem Gesichtspunkt aus betrachtet, sind wir alle wie jener kleine Franzose, der in Buchenwald unbedingt bei einem Mitgefangenen, der als Schreiber seine Ankunft einzutragen hatte, Beschwerde einreichen wollte. Beschwerde? Der Schreiber und seine Kameraden lachten. »Vollkommen sinnlos, mein Lieber. Hier beschwert man sich nicht!« – »Aber wissen Sie, Monsieur«, sagte der kleine Franzose, »ich bin eben ein Sonderfall. Ich bin nämlich unschuldig!«
Wir alle sind Sonderfälle, wir alle wollen aus irgendeinem Grund Berufung einlegen. Jeder verlangt um jeden Preis unschuldig zu sein, selbst wenn dafür Himmel und Erde angeklagt werden müssen. Man bereitet einem Menschen nur mäßige Freude, wenn man ihn zu den Anstrengungen beglückwünscht, dank denen er klug oder großmütig geworden ist. Er wird dagegen aufstrahlen, wenn man seine angeborene Großmut bewundert. Sagt man umgekehrt einem Verbrecher, sein Vergehen sei nicht auf seine Veranlagung oder seinen Charakter, sondern auf unglückliche Umstände zurückzuführen, so bezeigt er überwältigende Dankbarkeit. Während des Plädoyers wird er sogar diesen Augenblick wählen, um heiße Tränen zu vergießen. Und doch ist es kein Verdienst, von Natur aus ehrlich oder klug zu sein, wie man auch bestimmt keine größere Verantwortung trägt, wenn nicht die Umstände einen zum Verbrecher treiben, sondern die Veranlagung. Aber diese Gauner wollen

die Gnade, das heißt die Unverantwortlichkeit, und sie berufen sich ohne jede Scham auf die Rechtfertigung durch die Natur oder die Entschuldigung durch die Umstände, selbst wenn sie miteinander im Widerspruch stehen. Hauptsache ist, daß sie für unschuldig befunden werden, daß ihre Tugenden ihnen in die Wiege gelegt wurden und deshalb nicht in Zweifel gezogen werden können, während ihre Fehler nur einem vorübergehenden Unglück zuzuschreiben sind und deshalb keine Dauer besitzen. Ich habe es Ihnen ja gesagt: es kommt vor allem darauf an, dem Urteil zu entgehen. Da dies schwierig ist, da es ein heikles Unterfangen ist, seine Natur gleichzeitig bewundern und entschuldigen zu lassen, suchen sie alle reich zu werden. Warum? Haben Sie sich das schon gefragt? Natürlich der Macht wegen. Aber in erster Linie weil der Reichtum einen dem sofortigen Urteil entzieht, einen aus dem Gedränge der Untergrundbahn herauslöst und in einen verchromten Wagen einschließt, einen in großen, bewachten Parks, in Schlafwagen und Luxuskabinen absondert. Der Reichtum, verehrter Freund, ist noch nicht der Freispruch, wohl aber der immerhin nicht zu verachtende Aufschub ...
Schenken Sie Ihren Freunden ja keinen Glauben, wenn Sie ihnen versprechen sollen, aufrichtig zu sein. Sie wünschen nur, in der guten Meinung, die sie von sich selber hegen, bestärkt zu werden, im Versprechen, die ungeschminkte Wahrheit zu sagen, eine zusätzliche Sicherung zu finden. Warum sollte die Aufrichtigkeit eine Bedingung der Freundschaft sein? Die Wahrheitsliebe um jeden Preis ist eine Leidenschaft, die

nichts verschont und der nichts widersteht. Sie ist ein Laster, bisweilen ein Ausdruck der Bequemlichkeit oder der Selbstsucht. Wenn Sie sich also in einem solchen Fall befinden, zögern Sie nicht! Versprechen Sie, die Wahrheit zu sagen, und lügen Sie, so gut Sie es vermögen. Damit werden Sie dem geheimen Wunsch Ihrer Freunde entsprechen und ihnen Ihre Zuneigung doppelt beweisen.
Wie wahr das ist, geht aus der Tatsache hervor, daß wir uns selten denen anvertrauen, die besser sind als wir. Im Gegenteil, wir pflegen sie eher zu meiden; unsere Geständnisse machen wir mit Vorliebe denen, die uns gleichen und unsere Schwächen teilen. Wir begehren also nicht, uns zu bessern oder gebessert zu werden, denn zuerst müßte man uns ja für fehlbar befinden! Wir wünschen nur, bedauert und in unserem Tun ermutigt zu werden. Im Grunde möchten wir nicht mehr schuldig sein und gleichzeitig keine Anstrengung machen, um uns zu läutern. Nicht genug Zynismus und nicht genug Tugend. Wir haben weder die Kraft zum Bösen noch die zum Guten. Kennen Sie Dante? Wirklich? Teufel auch! Sie wissen also, daß es bei Dante Engel gibt, die im Streit zwischen Gott und Satan neutral bleiben. Und er weist ihnen ihren Aufenthalt in der Vorhölle an. Wir befinden uns in der Vorhölle, verehrter Freund.
Geduld? Sie haben zweifellos recht. Wir sollten die Geduld aufbringen, das Jüngste Gericht abzuwarten. Aber eben, wir haben es eilig. So eilig sogar, daß ich gezwungen war, Buß-Richter zu werden. Indessen mußte ich zuerst mit meinen Entdeckungen fertig-

werden und mit dem Lachen meiner Zeitgenossen ins reine kommen. Von dem Abend an, da ich aufgerufen wurde – denn ich wurde wirklich aufgerufen –, mußte ich antworten oder zumindest nach der Antwort suchen. Es war nicht leicht, und ich bin lange Zeit in die Irre gegangen. Zuerst mußten dieses ständige Lachen und die Lacher mich lehren, in mir selber klar zu sehen und endlich zu merken, daß ich nicht einfach war. Lächeln Sie nicht, diese Wahrheit ist nicht so selbstverständlich, wie sie scheint. Selbstverständliche Wahrheiten nennt man die, die man zuletzt entdeckt, das ist alles.

Immerhin habe ich nach eingehender Selbstprüfung das tiefgründige Doppelwesen des Menschen entdeckt. Nachdem ich lange und unermüdlich in meinem Gedächtnis geforscht hatte, erkannte ich schließlich, daß die Bescheidenheit mir half, zu glänzen, die Demut, zu siegen, und die Tugend, zu unterdrücken. Ich führte Krieg mit friedlichen Mitteln und erlangte letzten Endes alles, was ich begehrte, mit Hilfe der Selbstlosigkeit. So beklagte ich mich zum Beispiel nie, wenn man meinen Geburtstag vergaß. Das Erstaunen, das meine diesbezügliche Zurückhaltung erweckte, war mit leiser Bewunderung gemischt. Der Grund meiner Selbstlosigkeit war jedoch noch viel subtiler: ich wünschte, vergessen zu werden, damit ich mich selbst bedauern konnte. Mehrere Tage vor dem mir wohl bewußten glorreichen Datum begann ich, sorgsam meine Zunge zu hüten, um ja mit keinem Wort die Aufmerksamkeit und die Erinnerung der Menschen zu wecken, auf deren Vergeßlichkeit ich

baute (hatte ich doch eines Tages sogar beabsichtigt, einen Wandkalender zu fälschen!). Wenn meine Einsamkeit auf diese Weise deutlich offenbar war, konnte ich mich dem Reiz einer männlichen Traurigkeit überlassen.
Der Vorderseite all meiner Tugenden entsprach somit eine weniger erbauliche Kehrseite. Allerdings muß auch gesagt werden, daß meine Fehler mir andererseits zum Vorteil gereichten. Die Notwendigkeit, meine Mängel zu verstecken, verlieh mir zum Beispiel etwas Kaltes, das man mit Tugendhaftigkeit verwechselte, meine Gleichgültigkeit trug mir Liebe ein, meine Selbstsucht gipfelte in meinen Wohltaten. Doch halte ich lieber inne, zu weitgehende Symmetrie könnte meiner Beweisführung schaden. Wie denn! Ich spielte den starken Mann und habe nie widerstehen können, wenn mir ein Glas oder eine Frau angeboten wurde! Man hielt mich für tatkräftig und rührig, aber mein wahres Reich war das Bett. Ich verkündete laut, wie treu ich sei, aber ich glaube, es gibt keinen einzigen unter den Menschen, die ich geliebt habe, den ich schließlich nicht auch verriet. Gewiß, der Verrat schloß die Treue nicht aus, eine ganze Menge Arbeit erledigte ich dank meiner Lässigkeit, und ich hatte nie aufgehört, meinem Nächsten zu helfen, denn es verschaffte mir viel Vergnügen. Doch ich mochte mir diese unwiderlegbaren Tatsachen lange wiederholen, sie gewährten mir nur flüchtigen Trost. An manchen Morgen führte ich meinen Prozeß unerbittlich zu Ende und kam zum Schluß, daß ich mich vor allem in der Verachtung hervortat. Gerade den Menschen, denen

ich am häufigsten half, galt meine tiefste Verachtung. Zuvorkommend und höflich, mit gefühlvoller Solidarität, spuckte ich jeden Tag allen Blinden ins Gesicht. Seien Sie ehrlich: gibt es eine Entschuldigung dafür? Es gibt eine, aber sie ist so dürftig, daß ich nicht daran denken kann, sie ernstlich geltend zu machen. Doch sei sie immerhin vorgebracht: ich habe nie wahrhaft überzeugt glauben können, daß die Angelegenheiten der Menschen ernst zu nehmen seien. Wo das Ernstzunehmende lag, wußte ich nicht, ich wußte nur, daß es nicht in all den Dingen war, die ich sah und die mir nur wie ein drolliges oder lästiges Spiel vorkamen. Es gibt wirklich Bemühungen und Überzeugungen, die ich nie verstanden habe. Die seltsamen Geschöpfe, die da um des Geldes willen starben, wegen des Verlustes einer sogenannten Stellung verzweifelten oder sich mit edlem Getue für das Wohlergehen ihrer Familie opferten, betrachtete ich immer mit Erstaunen und ein bißchen Mißtrauen. Dagegen verstand ich den Freund, der es sich in den Kopf gesetzt hatte, nicht mehr zu rauchen, und dem dies kraft seines Willens auch gelungen war. Eines Morgens schlug er die Zeitung auf, las, daß die erste Wasserstoffbombe zur Explosion gebracht worden war, erfuhr von ihrer großartigen Wirkung und begab sich stracks in den nächsten Tabakladen.

Natürlich gab ich manchmal vor, das Leben ernst zu nehmen. Aber sehr bald schon durchschaute ich die Leichtfertigkeit des Ernsts und begnügte mich damit, meine Rolle weiterzuspielen, so gut ich es vermochte. Ich spielte Tüchtigkeit, Intelligenz, Tugendhaftigkeit,

Gemeinsinn, Empörung, Nachsicht, Solidarität, Erbaulichkeit ... Kurz, es reicht; Sie haben schon begriffen, daß ich war wie meine Holländer, die hier sind, ohne hier zu sein: ich war gerade dann abwesend, wenn ich am meisten Raum einnahm. Wahrhaft aufrichtig und begeistert war ich nur zur Zeit, da ich Sport trieb oder in den Theaterstücken auftrat, die wir als Soldat zu unserem Vergnügen aufführten. In beiden Fällen galt eine Spielregel, die nicht ernst gemeint war und die man zum Scherz ernst nahm. Auch jetzt noch sind die sonntäglichen Sportveranstaltungen in einem zum Bersten gefüllten Stadion und das Theater, das ich mit einer Leidenschaft ohnegleichen liebte, die einzigen Stätten der Welt, wo ich mich unschuldig fühle.
Wer aber würde die Berechtigung einer solchen Einstellung anerkennen, wenn es sich um die Liebe, den Tod und die Hungerlöhne handelt? Und doch, was tun? Isoldes Liebe konnte ich mir nun einmal nur in Büchern oder auf der Bühne vorstellen. Die Sterbenden schienen mir oft in ihrer Rolle aufzugehen. Die Antworten meiner bedürftigen Klienten waren meiner Meinung nach immer vom gleichen Souffleur eingeblasen. So lebte ich also unter den Menschen, ohne ihre Interessen zu teilen, und brachte es infolgedessen nicht fertig, an die Verpflichtungen zu glauben, die ich einging. Ich war höflich und auch träge genug, um den Erwartungen, die in meinem Beruf, meiner Familie oder meinem Bürgerleben in mich gesetzt wurden, zu entsprechen; aber ich tat es mit einer Art Zerstreutheit, die zu guter Letzt alles verdarb. Mein ganzes

Leben habe ich unter einem Doppelzeichen gestanden, und oft war ich gerade an meinen folgenschwersten Handlungen innerlich am wenigsten beteiligt. War es im Grunde nicht gerade dies, was ich mir, um das Maß meiner Dummheiten voll zu machen, nicht verzeihen konnte, was mich dazu brachte, mich mit der größten Heftigkeit gegen das Gericht, das ich in mir und um mich her am Werk spürte, aufzubäumen, und was mich schließlich gezwungen hat, einen Ausweg zu suchen?

Eine Zeitlang ging mein Leben dem Anschein nach weiter, als ob alles beim alten geblieben wäre. Ich befand mich auf Schienen, und so rollte ich eben. Als wäre es Absicht, erscholl mein Lob lauter denn je. Gerade dies war die Quelle allen Übels. Sie erinnern sich: »Weh euch, wenn euch jedermann wohlredet!« Ach, der das sagte, war ein weiser Mann! Weh mir! Die Maschine begann also zu bocken und aus unerklärlichen Gründen hin und wieder stillzustehen.

In diesem Augenblick brach der Gedanke an den Tod in meinen Alltag ein. Ich schätzte die Jahre ab, die mich von meinem Ende trennten. Ich suchte nach Beispielen von Menschen meines Alters, die bereits gestorben waren. Und ich wurde vom Gedanken gepeinigt, ich könnte keine Zeit mehr haben, um meine Aufgabe zu erfüllen. Welche Aufgabe? Davon hatte ich keine Ahnung. War das, was ich tat, ehrlich gestanden überhaupt wert, weitergeführt zu werden? Aber nicht darum ging es mir eigentlich. In Tat und Wahrheit verfolgte mich eine lächerliche Angst: man konnte nicht sterben, ohne all seine Lügen eingestan-

den zu haben. Nicht vor Gott oder einem seiner Stellvertreter, darüber war ich erhaben, wie Sie sich wohl denken können. Nein, es handelt sich darum, sie den Menschen zu gestehen, einem Freund zum Beispiel, oder einer geliebten Frau. Sonst, und blieb in einem Leben auch nur eine Lüge verborgen, verlieh der Tod ihr Endgültigkeit. Niemand würde je mehr diese bestimmte Wahrheit erfahren, da der einzige, der sie kannte, ja eben der Tote war, der sein Geheimnis mit in seinen Schlaf genommen hatte. Dieser unwiderrufliche Mord einer Wahrheit ließ mich schwindeln. Heute würde er mir, nebenbei bemerkt, eher einen raffinierten Genuß verschaffen. Der Gedanke zum Beispiel, daß ich als einziger weiß, was alle Welt zu erfahren begehrt, und daß ich zu Hause einen Gegenstand besitze, dem die Polizei dreier Länder vergeblich nachgejagt hat, ist ganz einfach köstlich. Doch lassen wir das. Damals hatte ich das Rezept noch nicht entdeckt und quälte mich.
Natürlich nahm ich mich wieder zusammen. Was bedeutete schon die Lüge eines einzelnen Menschen in der Geschichte der Geschlechter, und was für eine Anmaßung, einen erbärmlichen Betrug, der sich im Ozean der Zeiten verlor wie das Salzkorn im Meer, in das Licht der Wahrheit rücken zu wollen! Ich sagte mir auch, daß, nach den Sterbenden zu urteilen, die ich gesehen hatte, der Tod des Leibes an sich bereits eine hinlängliche Strafe darstellte, die von allem lossprach. Man errang sein Heil, mit anderen Worten das Recht, endgültig zu verschwinden, im Todesschweiß. Es half alles nichts: das Unbehagen wuchs,

der Tod hielt getreulich Wache an meinem Bett, er war da, wenn ich am Morgen aufstand, und die Lobreden wurden mir je länger desto unerträglicher. Mir schien, die Lüge nehme damit immer mehr zu und wachse ins Unermeßliche, so daß ich nie mehr ins reine kommen konnte.

Dann kam der Tag, da ich es nicht mehr aushielt. Meine erste Reaktion war von blinder Heftigkeit. Wenn ich schon ein Lügner war, wollte ich es kundtun und den Dummköpfen meine Falschheit ins Gesicht schleudern, ehe sie sie selbst entdeckten. Einmal zur Wahrheit herausgefordert, war ich bereit, den Fehdehandschuh aufzunehmen. Um dem Lachen zuvorzukommen, verfiel ich also auf die Idee, mich der allgemeinen Lächerlichkeit preiszugeben. Im Grunde handelte es sich immer noch darum, dem Urteil zu entgehen. Ich wollte die Lacher auf meine Seite bringen oder zumindest mich auf ihre Seite schlagen. Ich gedachte zum Beispiel, auf der Straße die Blinden anzurempeln, und die unvermutete, heimliche Freude, die ich dabei empfand, verriet mir, wie sehr ein Teil meiner Seele sie verabscheute; ich nahm mir vor, die Gummireifen der kleinen Invaliden-Rollstühle zu zerschneiden, unter den Gerüsten der Bauarbeiter »Dreckige Hungerleider!« zu brüllen und in der Untergrundbahn Säuglinge zu ohrfeigen. Von dem allem träumte ich und unternahm nichts dergleichen, oder wenn ich irgend etwas dieser Art vollbrachte, so habe ich es vergessen. Jedenfalls versetzte schon das bloße Wort Gerechtigkeit mich in seltsame Wutzustände. Ich war natürlich gezwungen, es in meinen

Plädoyers weiterhin zu verwenden. Aber ich rächte mich, indem ich öffentlich den Geist der Menschlichkeit verfluchte; ich kündete das Erscheinen eines Manifests an, das die von den Unterdrückten über die honetten Leute ausgeübte Unterdrückung anprangern sollte. Als ich eines Tages auf einer Restaurant-Terrasse Hummer aß und ein Bettler mich belästigte, rief ich den Wirt, um ihn fortjagen zu lassen, und zollte der Rede dieses Rechtsvollstreckers laut Beifall, als er sagte: »Sie stören. Versetzen Sie sich doch gefälligst ein bißchen in die Lage dieser Herrschaften!« Und schließlich verkündete ich rechts und links, wie bedauerlich es doch sei, daß die Methoden eines russischen Großgrundbesitzers, dessen Konsequenz ich bewunderte, nicht mehr zur Anwendung kämen: er ließ nämlich unterschiedslos alle seine Bauern auspeitschen, die einen, weil sie ihn grüßten, und die anderen, weil sie ihn nicht grüßten, um eine Vermessenheit zu bestrafen, die er in beiden Fällen gleich unverschämt fand.

Indessen erinnere ich mich an bedenklichere Ausbrüche. Ich begann eine *Ode an die Polizei* und eine *Apologie des Fallbeils* zu verfassen. Vor allem machte ich es mir zur Pflicht, mich regelmäßig in bestimmten Kaffeehäusern zu den Zusammenkünften der Zeitgenossen einzufinden, die Menschenliebe auf ihr Panier geschrieben hatten. Mein guter Ruf gewährleistete mir natürlich einen wohlwollenden Empfang. Im Verlauf des Gesprächs ließ ich dann gleichsam unabsichtlich ein unanständiges Wort fallen: »Gott sei Dank!« sagte ich, oder ganz einfach »Mein Gott...«

Sie wissen, was für schüchterne Konfirmanden unsere Biertischatheisten sind. Ein Augenblick der Bestürzung folgte auf eine solche Ungeheuerlichkeit, zutiefst betroffen blickten sie einander an, dann brach der Tumult los; die einen entflohen aus dem Lokal, die anderen schnatterten voll Empörung durcheinander, und alle wanden sie sich in Krämpfen wie der ins Weihwasser geratene Teufel.
Sicher finden Sie das kindisch. Und doch steckte vielleicht ein tieferer Grund hinter diesen Späßen. Ich wollte Verwirrung stiften und vor allem, o ja, vor allem meinen schmeichelhaften Ruf zunichte machen, an den auch nur zu denken mich bereits in Harnisch brachte. »Ein Mann wie Sie . . .«, sagte man mir voll Artigkeit, und ich erbleichte. Ich wollte nichts mehr wissen von ihrer Hochachtung, da sie ja nicht allgemein war, und wie hätte sie allgemein sein können, wenn ich sie nicht zu teilen vermochte? Da war es besser, alles, Urteil und Hochachtung, mit dem Mantel der Lächerlichkeit zuzudecken. Ich mußte mit allen Mitteln das Gefühl freisetzen, an dem ich erstickte. Die schöne Maske, die ich überall zur Schau trug, wollte ich zerschlagen, um allen Blicken preiszugeben, was dahinter steckte. So erinnere ich mich an einen Vortrag, den ich vor jungen Referendaren halten sollte. Verärgert durch die unglaublichen Lobhudeleien des Präsidenten der Anwaltskammer, der mich vorgestellt hatte, konnte ich nicht lange an mich halten. Ich hatte mit dem Schwung und dem Tremolo begonnen, die man von mir erwartete und die auf Bestellung zu liefern mir keine Mühe bereitete. Aber plötzlich fing

ich an, die Verquickung als Methode der Verteidigung zu empfehlen. Nicht jene von der modernen Inquisition zur Vollkommenheit ausgebildete Verquickung, die darin besteht, gleichzeitig einen Dieb und einen ehrlichen Mann zu richten, um dem letzteren die Verbrechen des ersteren aufzuhalsen. Es handelte sich im Gegenteil darum, den Dieb zu verteidigen, indem man die Verbrechen des Redlichen, im gegebenen Fall des Rechtsanwalts, herausstellte. Diesen Punkt setzte ich mit aller Deutlichkeit auseinander.

»Nehmen wir an«, sagte ich, »ich habe die Verteidigung irgendeines rührend hilflosen Bürgers übernommen, der aus Eifersucht zum Mörder geworden ist. Bedenken Sie doch, meine Herren Geschworenen, würde ich sagen, wie verzeihlich es ist, sich zu erbosen, wenn der an sich gute Mensch durch die Tücke des Geschlechts auf eine harte Probe gestellt wird. Ist es denn nicht viel schwerwiegender, sich auf dieser Seite der Schranke zu befinden, an dem Platz, an dem ich stehe, ohne je gut gewesen zu sein oder als Betrogener gelitten zu haben? Ich bin frei, Ihrem strengen Gericht nicht unterworfen, und doch, wer bin ich? Ein Ausbund von Dünkel, ein Lustbold und Zornbock, ein König der Tagediebe! Ich habe niemanden umgebracht? Noch nicht, zweifellos! Aber habe ich nicht verdienstvolle Geschöpfe sterben lassen? Vielleicht. Und vielleicht bin ich bereit, es wieder zu tun. Während dieser hier, schauen Sie ihn bloß an, es garantiert nicht wieder tun wird. Er kann es noch gar nicht fassen, daß er so gründliche Arbeit geleistet hat.«

Diese Rede verwirrte meine angehenden Kollegen

ein wenig, bis sie sich nach einer Weile entschlossen, darüber zu lachen. Endgültig beruhigt waren sie, als ich zur Schlußfolgerung kam und voll Beredsamkeit von der Persönlichkeit des Menschen und seinen supponierten Rechten sprach. Diesmal hatte die Gewohnheit noch gesiegt.

Durch die Wiederholung solcher harmlosen Seitensprünge gelang es mir indessen nur, die öffentliche Meinung etwas irre zu machen, nicht aber, sie zu entwaffnen, und vor allem nicht, mich selbst zu entwaffnen. Das Erstaunen, dem ich gewöhnlich bei meinen Zuhörern begegnete, ihr ein bißchen abwehrendes Unbehagen, gar nicht so verschieden von dem, das Sie an den Tag legen – nein, nein, protestieren Sie nicht! – brachten mir keinerlei Linderung. Sehen Sie, es genügt nicht, sich anzuklagen, um seine Unschuld zu beweisen, sonst wäre ich das reinste Lamm. Man muß sich auf eine bestimmte Art anklagen, die herauszufinden mich viel Zeit gekostet hat und die ich erst entdeckte, als ich ganz und gar vereinsamt war. Inzwischen schwebte weiterhin das Lachen um mich, ohne daß es meinen planlosen Bemühungen gelang, ihm das Wohlwollende, beinahe Zärtliche zu nehmen, das mir weh tat.

Aber mir scheint, die Flut setzt ein. Unser Schiff wird gleich fahren, der Tag geht zur Neige. Schauen Sie, dort oben versammeln sich die Tauben. Sie drängen sich aneinander, sie bewegen sich kaum, und es dunkelt. Wollen wir schweigend diese etwas unheimliche Stunde auskosten? Nein? Ich interessiere Sie? Zu gütig von Ihnen. Übrigens besteht jetzt die Möglichkeit, daß ich Sie wirklich interessiere. Bevor ich Ihnen jedoch erkläre, was Buß-Richter sind, muß ich Ihnen von der Ausschweifung sprechen und vom Un-Gemach.

Sie täuschen sich, mein Lieber, das Schiff fährt sogar ziemlich schnell. Aber die Zuydersee ist ein totes Meer, oder doch beinahe. Bei ihren flachen, im Dunst verschwimmenden Ufern weiß man nicht, wo sie anfängt, wo sie aufhört. Darum finden wir nirgends einen festen Punkt, an dem wir unsere Geschwindigkeit abschätzen könnten. Wir fahren, und alles bleibt unverändert. Das ist keine Schiffahrt, das ist Traum.
Im griechischen Archipel zum Beispiel hatte ich den entgegengesetzten Eindruck. Unaufhörlich tauchten im Rund des Horizonts neue Inseln auf. Ihr baumloses Rückgrat zeichnete die Grenze des Himmels ein, und ihr felsiges Ufer hob sich deutlich vom Meere ab. Nichts Verwischtes – im scharfen Licht wurde alles zum Anhaltspunkt. Und obwohl unser kleines Schiff nur langsam dahinkroch, hatte ich das Gefühl, Tag und Nacht auf den Kämmen der kurzen, kühlen Wellen in einem von Schaum und Lachen erfüllten Wettlauf unablässig von Insel zu Insel zu hüpfen. Seit jener Zeit treibt irgendwo in mir, am Saum meines Gedächtnisses, Griechenland selber unermüdlich dahin ... Oho, nun lasse auch ich mich treiben, ich werde ja lyrisch! Werfen Sie mir ein Haltetau zu, mein Lieber, ich bitte Sie darum!
Kennen Sie übrigens Griechenland? Nein? Um so besser. Was hätten wir dort schon zu suchen? Wir

müßten reinen Herzens sein. Wissen Sie, daß dort die Freunde Hand in Hand selbander durch die Straßen spazieren? Ja, die Frauen bleiben zu Hause, dafür sieht man reife, achtunggebietende, schnauzbärtige Männer paarweise in ernsthaftem Gespräch die Gehsteige auf und ab wandeln, ihre Finger in denen des Freundes verschlungen. Im Orient auch zuweilen? Mag sein. Aber sagen Sie mir, würden Sie mir in den Straßen von Paris die Hand geben? Das kann mein Ernst nicht sein! Wir wissen uns zu benehmen, nicht wahr, der Dreck verleiht uns Haltung. Bevor wir uns auf den griechischen Inseln zeigen dürften, müßten wir uns gründlich waschen. Dort ist die Luft keusch, die See und die Lust sind lauter. Wir aber ...
Setzen wir uns auf diese Deckstühle. Welch ein Dunst! Ich war, glaube ich, auf dem Weg des Un-Gemachs stehengeblieben. Ich sage Ihnen gleich, was das heißt. Nachdem ich mich vergeblich gewehrt, alle Trümpfe meiner Überheblichkeit ausgespielt hatte, beschloß ich, entmutigt durch die Nutzlosigkeit meiner Anstrengungen, mich aus der Gesellschaft der Menschen zurückzuziehen. Ach nein, ich habe nicht nach einer verlassenen Insel gesucht, es gibt keine mehr. Ich habe mich bloß zu den Frauen geflüchtet. Sie wissen ja, daß die Frauen keine Schwäche wirklich verdammen; eher würden sie versuchen, unsere Kräfte zu demütigen oder zu untergraben. Darum ist die Frau nicht die Belohnung des Kriegers, sondern des Verbrechers. Sie ist sein Zufluchtsort, sein Port, im Bett der Frau wird er am häufigsten verhaftet. Ist sie nicht das einzige, was uns vom irdischen Paradiese verbleibt?

In meiner Ratlosigkeit suchte ich also eilends meinen naturgegebenen Hafen auf. Ich hielt freilich keine Reden mehr. Aus alter Gewohnheit spielte ich noch ein wenig, doch mangelte es mir an Erfindungsgabe. Ich habe Hemmungen, es zu bekennen, weil ich wohl nochmals ein paar unflätige Worte gebrauchen muß: mir scheint in der Tat, daß ich zu jener Zeit ein Bedürfnis nach Liebe verspürte. Obszön, nicht wahr? Jedenfalls fühlte ich einen dumpfen Schmerz, ein Darben, das eine gewisse Leere schuf in meinem Inneren und mir erlaubte, halb aus Zwang und halb aus Neugier ein paar Bindungen einzugehen. Da ich das Bedürfnis hatte, zu lieben und geliebt zu werden, wähnte ich, verliebt zu sein. Anders gesagt, ich machte mich zum Narren.

Ich überraschte mich oft dabei, wie ich eine Frage stellte, die ich als Mann von Erfahrung bisher stets vermieden hatte. Ich hörte mich fragen: »Liebst du mich?« Sie wissen, daß man in einem solchen Fall gewöhnlich zurückfragt: »Und du?« Wenn ich bejahte, band ich mich über meine wahren Gefühle hinaus. Wenn ich nein zu sagen wagte, lief ich Gefahr, nicht mehr geliebt zu werden, und das ging mir nahe. Je mehr das Gefühl, von dem ich Ruhe erhofft hatte, dann gefährdet war, desto eindringlicher forderte ich es von meiner Freundin. So kam ich dazu, immer eindeutigere Beteuerungen abzugeben und von meinem Herzen ein immer umfassenderes Gefühl zu verlangen. Ich entbrannte denn auch in unechter Leidenschaft zu einem reizenden Gänschen, das die sentimentalen Frauenblättchen so gründlich gelesen hatte, daß es mit der Sicherheit und der Überzeugung eines die klassenlose Gesellschaft verkündenden Intellektuellen von der Liebe sprach. Sie wissen, daß eine solche Überzeugung etwas Ansteckendes hat. Ich begann versuchsweise ebenfalls von der Liebe zu sprechen, und überzeugte mich schließlich selber. Bis zu dem Augenblick wenigstens, da sie meine Geliebte wurde und ich begriff, daß die Frauenblättchen ihre Leserinnen zwar lehrten, von der Liebe zu sprechen, im praktischen Unterricht jedoch versagten. So mußte ich denn, nachdem ich einen Papageien geliebt hatte, mit einer Schlange schlafen. Nun suchte ich die von den Büchern versprochene Liebe, der ich im Leben noch nie begegnet war, eben anderswo.

Aber es fehlte mir an Übung. Über dreißig Jahre lang hatte ich ausschließlich mich selbst geliebt. Wie konnte ich da hoffen, eine solche Gewohnheit abzulegen? Ich legte sie auch wirklich nicht ab und ließ es bei flüchtigen Ansätzen zu Leidenschaft bewenden. Der Versprechen gab ich immer mehr. Ich hatte zur gleichen Zeit mehr als eine Liebe, so wie ich ehedem mehr als eine Liebschaft gehabt hatte. Das brachte größeres Leid über die anderen als meine frühere unbekümmerte Gleichgültigkeit. Habe ich erwähnt, daß mein Papagei aus Verzweiflung Hungers sterben wollte? Zum Glück konnte ich noch rechtzeitig dazwischentreten; ich bequemte mich dazu, ihre Hand zu halten, bis sie dem von einer Reise nach Bali zurückkehrenden Ingenieur mit angegrauten Schläfen begegnete, den das Leibblättchen ihr bereits geweissagt hatte. Kurzum, ich vermehrte die Last meiner Verfehlungen

und die Zahl meiner Verirrungen, anstatt mich entrückt und, wie man so zu sagen pflegt, für alle Ewigkeit von der Leidenschaft losgesprochen zu finden. Das flößte mir ein solches Grauen vor der Liebe ein, daß ich jahrelang Melodien wie *Es muß was Wunderbares sein* oder *Isoldes Liebestod* nicht ohne Zähneknirschen hören konnte. Da versuchte ich, in gewisser Hinsicht auf die Frauen zu verzichten und im Stande der Keuschheit zu leben. Eigentlich hätte ihre Freundschaft mir genügen sollen. Aber dann mußte ich auf das Spiel verzichten. Sobald das Verlangen ausgeschaltet war, langweilten mich die Frauen über alles Erwarten, und ganz offensichtlich langweilte ich sie ebenfalls. Kein Spiel, kein Theater mehr – ich lebte ohne Zweifel in der Wahrheit. Aber die Wahrheit, verehrter Freund, ist zum Sterben langweilig!
Ich verzweifelte an der Liebe und an der Keuschheit – da fiel mir endlich ein, daß ja noch die Ausschweifung übrigblieb; sie vermag die Liebe sehr gut zu ersetzen, sie bringt das Lachen zum Verstummen, läßt Schweigen eintreten und verleiht vor allem Unsterblichkeit. Wenn man einen gewissen Grad hellsichtigen Rausches erreicht hat, spät in der Nacht zwischen zwei Dirnen liegt und jeden Verlangens ledig ist, dann ist die Hoffnung keine Qual mehr, der Geist herrscht über alle Zeiten, und der Lebensschmerz ist auf immer vorbei. In gewissem Sinn hatte ich seit jeher in der Ausschweifung gelebt, da ich ja nie aufgehört hatte, nach Unsterblichkeit zu trachten. Entsprang dieses Verlangen nicht dem Urgrund meines Wesens und auch meiner großen Selbstliebe, von der

ich Ihnen gesprochen habe? Ja, ich verging vor Begierde nach Unsterblichkeit. Ich liebte mich zu sehr, um nicht zu wünschen, daß der kostbare Gegenstand meiner Liebe nie verschwinden möge. Da man mit einer Spur Selbsterkenntnis im wachen Zustand keine triftigen Gründe sieht, warum einem geilen Affen Unsterblichkeit zuteil werden sollte, muß man sich wohl oder übel nach einem Ersatz dafür umtun. Weil ich nach dem ewigen Leben trachtete, schlief ich mit Huren und vertrank ganze Nächte. Am Morgen hatte ich dann natürlich den bitteren Geschmack der Sterblichkeit auf der Zunge. Doch hatte ich lange Stunden in glückseligem Schweben verbracht. Darf ich das Geständnis wagen? Ich denke immer noch voll Rührung an bestimmte Nächte zurück, da ich in einem schmierigen Tingeltangel eine Verwandlungstänzerin aufsuchte, die mir ihre Gunst gewährte und um deren Ehre willen ich mich sogar eines Abends mit einem prahlerischen Zuhälter schlug. Wie ein Pfau stand ich jede Nacht an der Theke, im roten Licht und im Staub dieser Stätte der Wonnen, log, daß sich die Balken bogen, und soff. Ich wartete auf das Morgengrauen und landete schließlich im stets zerwühlten Bett meiner Prinzessin, die sich mechanisch der Lust hingab und dann unvermittelt einschlief. Sachte schlich sich das Tageslicht ein und erhellte die Verheerung, und ich ragte reglos in einen Morgen des Ruhms.

Der Alkohol und die Frauen haben mir, wie ich zugeben muß, die einzige Erleichterung gewährt, deren ich würdig war. Ich verrate Ihnen dieses Geheimnis, verehrter Freund, damit Sie nach Belieben von dem Rezept Gebrauch machen können. Dann werden Sie merken, daß die echte Ausschweifung befreit, weil sie keinerlei Verpflichtung schafft. Man besitzt dabei nur sich selber; darum ist sie die bevorzugte Beschäftigung der wahrhaft in sich selbst Verliebten. Sie ist ein Dschungel ohne Zukunft und ohne Vergangenheit, und vor allem ohne Verheißung und ohne unmittelbare Strafe. Die Orte, wo sie betrieben wird, sind von der Welt geschieden. Wenn man sie betritt, läßt man nicht nur alle Hoffnung, sondern auch alle Furcht hinter sich. Reden ist nicht unerläßlich; was man hier sucht, kann man ohne Worte bekommen und oft sogar auch ohne Geld. Ach, lassen Sie mich ganz besonders den namenlosen und vergessenen Frauen huldigen, die mir damals geholfen haben. Selbst heute noch mischt sich in die Erinnerung, die ich an sie bewahre, etwas wie Ehrerbietung.

Wie dem auch sei, ich machte hemmungslos von dieser Befreiung Gebrauch. Ich war sogar in einem der sogenannten Sünde geweihten Hotel zu sehen, wo ich gleichzeitig mit einer Hure reiferen Alters und einem jungen Mädchen aus besten Kreisen zusammenlebte. Ich spielte den dienstbeflissenen Kavalier bei der einen und setzte die andere in die Lage, ein paar Aspekte der Wirklichkeit kennenzulernen. Leider war die Nutte höchst spießbürgerlich veranlagt, hat sie sich doch seither bereit erklärt, im Auftrag einer sehr fortschrittlich gesinnten, religiös orientierten Zeitung ihre Erinnerungen aufzuzeichnen. Die höhere Tochter dagegen hat geheiratet, um ihre entfesselten

Triebe zu befriedigen und ein Tätigkeitsfeld für ihre bemerkenswerten Talente zu finden. Ich bin auch nicht wenig stolz darauf, zu jener Zeit in die oft verleumdete Innung der Zuhälter aufgenommen worden zu sein. Darauf will ich nicht näher eingehen. Jedem Tierchen sein Pläsierchen: selbst sehr gescheite Leute tun sich bekanntlich etwas darauf zugute, wenn sie ein Glas mehr vertragen als der Nachbar. Endlich hätte ich in diesem glücklichen Lotterleben Frieden und Erlösung finden können. Aber auch hier wieder wurde ich mir selbst zum Hindernis. Diesmal lag es an meiner Leber und einer so furchtbaren Müdigkeit, daß ich sie heute noch nicht losgeworden bin. Da spielt man den Unsterblichen, und nach ein paar Wochen weiß man nicht einmal mehr, ob man sich bis zum nächsten Tag zu schleppen vermag!
Ich verzichtete also auf meine nächtlichen Heldentaten, und der einzige Gewinn dieser Erfahrung bestand darin, daß ich weniger am Leben litt. Die Müdigkeit, die an meinem Körper fraß, hatte gleichzeitig auch viele empfindliche Stellen ausgebrannt. Jeder Exzeß setzt die Lebenskraft herab und somit auch das Leiden. Die Ausschweifung ist, entgegen der allgemeinen Meinung, keine Raserei, sondern nur ein langer Schlaf. Sie haben sicher auch schon die Beobachtung gemacht, daß die wahrhaft eifersüchtigen Männer nichts Eiligeres zu tun haben, als mit der Frau zu schlafen, von deren Treubruch sie doch überzeugt sind. Natürlich wollen sie sich ein weiteres Mal vergewissern, daß ihr teurer Schatz ihnen immer noch gehört. Sie wollen ihn besitzen, wie man so sagt. Aber

sie haben noch einen anderen Grund: unmittelbar darauf sind sie weniger eifersüchtig. Die körperliche Eifersucht ist sowohl eine Frucht der Phantasie als auch ein Urteil, das man über sich selber fällt. Man unterschiebt dem Nebenbuhler die garstigen Gedanken, die man selber unter den gleichen Umständen hegte. Zum Glück schwächt ein Zuviel an Lust Phantasie und Urteil gleichermaßen. Dann schläft das Leiden zugleich mit der Männlichkeit und so lange wie sie. Aus dem gleichen Grund verlieren die Halbwüchsigen mit ihrem ersten Liebesabenteuer ihre metaphysische Unruhe, und gewisse Ehen, die nichts anderes sind als eine bürokratisierte Ausschweifung, werden zum öden Leichenbegängnis der Kühnheit und der Erfindungsgabe. Ja, verehrter Freund, die bürgerliche Ehe hat unserem Land die Schlafhaube über die Ohren gezogen und wird es bald an den Rand des Grabes bringen.

Ich übertreibe? Nein, aber ich schweife ab. Ich wollte Ihnen nur zeigen, welchen Gewinn ich aus diesen in Saus und Braus verlebten Monaten zog. Ich lebte in einer Art Nebel, der das Lachen so sehr dämpfte, daß ich es schließlich überhaupt nicht mehr vernahm. Die Gleichgültigkeit, die bereits einen so großen Raum in mir einnahm, stieß auf keinen Widerstand mehr und breitete ihre Verknöcherung aus. Keine Gemütsbewegung mehr! Eine gleichmäßige Seelenverfassung, oder vielmehr überhaupt keine. Eine erkrankte Lunge heilt, indem sie austrocknet, und dann bringt sie ihrem glücklichen Besitzer allmählich den Erstickungstod. So erging es auch mir, der ich friedlich an meiner

Genesung starb. Meine Praxis erhielt mich noch, obwohl meine zügellosen Reden meinem Ruf schweren Abbruch taten und mein liederlicher Lebenswandel die regelmäßige Ausübung meiner Tätigkeit in Frage stellte. Es ist indessen beachtenswert, daß man mir meine nächtlichen Ausschweifungen weniger übelnahm als meine Hetzworte. Die rein rhetorischen Anspielungen auf Gott, die ich manchmal in meine Plädoyers einflocht, erweckten das Mißtrauen meiner Klienten. Zweifellos fürchteten sie, der Himmel könnte ihre Interessen ebensogut wahrnehmen wie ein mit allen Klauseln der Gesetze vertrauter Rechtsanwalt. Von diesem Gedanken zu dem Schluß, ich rufe die Gottheit nach Maßgabe meiner Unwissenheit an, war es nur ein kleiner Schritt. Meine Kunden taten diesen Schritt und verkrümelten sich. Hin und wieder plädierte ich noch, manchmal sogar gut, wenn ich vergaß, daß ich nicht mehr an meine Worte glaubte. Meine eigene Stimme riß mich mit, und ich ließ mich tragen; ohne wie früher wahrhaft zu schweben, erhob ich mich doch ein wenig über den Erdboden, gewissermaßen im Tiefflug. Außerhalb meines Berufs endlich verkehrte ich mit wenig Menschen und unterhielt mühsam eine oder zwei ausgetragene Liebschaften. Es kam sogar vor, daß ich, ohne Verlangen zu verspüren, einen Abend in reiner Freundschaft verbrachte, nur daß ich mich jetzt mit der Langeweile abgefunden hatte und kaum auf das hörte, was man mir erzählte. Ich setzte ein bißchen Fett an und durfte endlich glauben, die Krise sei überstanden. Nun mußte ich nur noch alt werden.

Und doch ... Im Verlauf einer Reise, die ich mit einer Freundin unternahm, ohne ihr zu sagen, daß ich damit meine Genesung feiern wollte, befand ich mich eines Tages an Bord eines Ozeandampfers, selbstverständlich auf dem obersten Deck. Plötzlich gewahrte ich in der Ferne auf der eisengrauen See einen schwarzen Punkt. Sofort wendete ich die Augen ab, und mein Herz begann heftig zu klopfen. Als ich mich zwang, wieder hinzuschauen, war der schwarze Punkt verschwunden. Ich wollte eben zu schreien beginnen, sinnlos um Hilfe rufen, als ich ihn wieder erblickte. Es handelte sich um einen Haufen Abfälle, wie sie gewöhnlich im Kielwasser der großen Schiffe schwimmen. Und doch war mir der Anblick unerträglich, ich hatte sogleich an einen Ertrunkenen denken müssen. Da merkte ich – ohne mich aufzulehnen, wie man sich mit einem Gedanken abfindet, dessen Wahrheit man seit langem erkannt hat –, daß jener Schrei, der Jahre zuvor in meinem Rücken auf der Seine ertönte, aus dem Fluß in den Ärmelkanal getrieben war und nicht aufgehört hatte, über die unermeßliche Weite der Meere hinweg durch die Welt zu geistern, daß er auf mich gewartet hatte bis zum Tag, da ich ihm wieder begegnen würde. Ich wußte auch, daß er weiterhin auf Meeren und Strömen auf mich warten würde, überall dort, wo sich das bittere Wasser meiner Taufe fand. Sind wir nicht auch hier noch auf dem Wasser, auf dem flachen, einförmigen, endlosen Wasser, dessen Grenzen mit denen der Erde verfließen? Wie können wir wähnen, bald in Amsterdam zu sein? Nie werden wir aus diesem riesigen Weih-

wasserbecken herauskommen! Horchen Sie! Hören Sie das Kreischen der unsichtbaren Seemöwen? Wenn ihr Schrei uns gilt – wozu rufen sie uns auf?
Aber die gleichen Vögel kreischten, riefen schon auf dem Atlantik an dem Tag, da ich endgültig merkte, daß ich nicht geheilt war, daß ich immer noch festsaß und daß ich mich danach einrichten mußte. Schluß mit dem glorreichen Leben, Schluß aber auch mit dem Toben und sich Aufbäumen! Ich mußte mich unterwerfen und meine Schuldhaftigkeit eingestehen. Ich mußte im Un-Gemach leben. Aber richtig, Sie wissen ja nicht, daß man im Mittelalter das unterste Verlies Un-Gemach nannte. Gewöhnlich wurde man auf Lebenszeit darin vergessen. Diese Zelle unterschied sich von den übrigen durch ihre ausgetüftelten Maße, denn sie war zu wenig hoch, als daß man aufrecht darin hätte stehen, aber auch zu wenig breit, als daß man sich hätte hinlegen können. Man mußte sein Glück im Winkel suchen und diagonal leben. Der Schlaf war ein Fallen, das Wachen ein Kauern. In dieser so ganz einfachen Erfindung steckte Genie, mein Lieber, und ich wähle das Wort mit Bedacht. Durch den unveränderlichen Zwang, der seinen Körper steif werden ließ, erfuhr der Verurteilte jeden Tag aufs neue, daß er schuldig war und daß die Unschuld darin besteht, fröhlich seine Glieder recken zu dürfen. Können Sie sich einen Menschen in dieser Zelle vorstellen, der an Gipfel und Sonnendecks gewohnt ist? Wie meinen Sie? Man konnte in einer solchen Zelle leben und trotzdem unschuldig sein? Unwahrscheinlich, höchst unwahrscheinlich, mein Lie-

ber! Oder aber meine ganze Beweisführung geht in die Brüche. Die Unschuld könnte gezwungen sein, einen Buckel zu machen? Nein, ich weigere mich, diese Möglichkeit auch nur eine Sekunde lang in Betracht zu ziehen! Wir können übrigens von keinem sicher sagen, er sei unschuldig, während wir unbedenklich behaupten dürfen, daß alle schuldig sind. Jeder Mensch zeugt vom Verbrechen aller anderen, das ist mein Glaube und meine Hoffnung.

Ich sage Ihnen, die Religionen gehen von dem Augenblick an fehl, da sie Moral predigen und Gebote schleudern. Es ist kein Gott vonnöten, um Schuldhaftigkeit zu schaffen oder um zu strafen. Unsere von uns selbst wacker unterstützten Mitmenschen besorgen das zur Genüge. Sie sprachen vom Jüngsten Gericht. Gestatten Sie mir ein respektvolles Lachen! Ich erwarte es furchtlos: ich habe das Schlimmste erfahren, und das ist das Gericht der Menschen. Bei ihnen gibt es keine mildernden Umstände, sogar die gute Absicht wird als Verbrechen angekreidet. Haben Sie wenigstens von der Spuckzelle gehört, die ein Volk vor kurzem erdachte, um zu beweisen, daß es das größte sei auf der Welt? Ein gemauerter Verschlag, in dem der Gefangene steht, ohne sich rühren zu können. Die dicke Tür, die ihn in seine Zementmuschel einschließt, reicht ihm bis zum Kinn. Man sieht also bloß sein Gesicht, und jeder Wärter spuckt es im Vorübergehen ausgiebig an. Der in seine Zelle eingezwängte Gefangene kann sich das Gesicht nicht abwischen, doch ist es ihm immerhin verstattet, die Augen zu schließen. Das, mein Lieber, ist eine Erfindung der Men-

schen. Zu diesem kleinen Meisterwerk haben sie Gott nicht nötig gehabt.
Was ich damit sagen will? Nun, daß die einzige Nützlichkeit Gottes darin bestünde, die Unschuld zu verbürgen; ich selbst würde die Religion eher als eine große Weißwäscherei betrachten – was sie übrigens einmal gewesen ist, doch nur kurze Zeit, genau drei Jahre lang, und damals hieß sie nicht Religion. Seither fehlt es an Seife, wir haben Rotznasen und schneuzen uns gegenseitig. Alle mißraten, alle bestraft – laßt uns uns anspucken und hopp! ins Un-Gemach! Es kommt einzig und allein darauf an, wer zuerst spuckt. Ich will Ihnen ein großes Geheimnis verraten, mein Lieber. Warten Sie nicht auf das Jüngste Gericht: es findet alle Tage statt.
Nein, mir fehlt nichts, ich fröstle bloß ein wenig in dieser vermaledeiten Feuchtigkeit. Da wären wir übrigens. So. Bitte nach Ihnen. Aber gehen Sie nicht gleich ins Hotel, begleiten Sie mich doch noch ein paar Schritte. Ich bin noch nicht zu Ende, ich muß weitermachen. Weitermachen – das ist das Schwierige. Wissen Sie zum Beispiel, warum man ihn gekreuzigt hat, ihn, an den Sie jetzt vielleicht denken? Nun, dafür gab es eine Menge Gründe. Es fehlt nie an Gründen, einen Menschen umzubringen. Im Gegenteil, es ist unmöglich, sein Weiterleben zu rechtfertigen. Darum findet das Verbrechen immer Anwälte und die Unschuld nur bisweilen. Aber abgesehen von all den Gründen, die man uns zweitausend Jahre lang so eingehend erläutert hat, gab es für dieses furchtbare Sterben noch einen weiteren, mächtigen Grund, und

ich weiß nicht, warum man ihn so sorgfältig verbirgt. Er selber wußte, daß er nicht ganz unschuldig war, das ist der wahre Grund. Wenn er auch nicht die Last der Sünde trug, deren man ihn anklagte, so hatte er doch andere begangen, ob er auch selbst nicht wußte, welche. Wußte er es übrigens wirklich nicht? Schließlich und endlich befand er sich ja an der Quelle; er hatte bestimmt von einem gewissen Mord der Unschuldigen Kinder gehört. Die Kinder Judäas, die hingemetzelt wurden, während seine Eltern ihn in Sicherheit brachten – warum waren sie gestorben, wenn nicht seinetwegen? Er hatte es nicht gewollt, gewiß, diese bluttriefenden Soldaten, diese zerstückelten Kinder flößten ihm Grauen ein. Aber ich bin überzeugt, daß er, so wie er war, sie nicht vergessen konnte. Und verriet die Traurigkeit, die man in all seinem Tun ahnt, nicht die unheilbare Schwermut dessen, der jede Nacht Rahels Stimme hörte, wie sie ihre Kleinen beweinte und jeden Trost zurückwies? Die Klage erhob sich in der Nacht, Rahel rief nach ihren seinetwegen getöteten Kindern, und er lebte!
Als Wissender, dem nichts Menschliches fremd war – ach, wer hätte geglaubt, daß das Verbrechen nicht so sehr darin besteht, Sterben zu bringen als darin, nicht selbst zu sterben! –, der sich Tag und Nacht seinem unschuldigen Verbrechen gegenübergestellt sah, vermochte er nicht mehr, sich aufrechtzuhalten und weiterzumachen. Es war besser, ein Ende zu setzen, sich nicht zu wehren, zu sterben, um nicht mehr als einziger leben zu müssen und um anderswohin zu gehen, dorthin, wo er vielleicht Beistand finden würde. Er

hat den Beistand nicht gefunden, er hat sich darüber beklagt, und, um das Maß voll zu machen, hat man ihn zensuriert! Ja, ich glaube, es war der dritte Evangelist, der als erster seine Klage ausstrich. »Warum hast du mich verlassen?«, das war ein aufrührerischer Schrei, nicht wahr? Darum her mit der Schere! Wenn Lukas nichts weggelassen hätte, wäre die Sache, nebenbei bemerkt, kaum aufgefallen, jedenfalls hätte sie nicht so viel Gewicht erlangt. So aber posaunt der Zensor aus, was er verhehlen will. Auch die Ordnung der Welt ist doppelt!
Das ändert indessen nichts daran, daß der Zensurierte für sein Teil nicht weitermachen konnte. Und ich weiß, wovon ich spreche, mein Lieber. Es gab eine Zeit, da ich keine Minute wußte, wie ich die nächstfolgende erreichen sollte. Ja, man kann auf dieser Welt Krieg führen, Liebe äffen, seinen Nächsten martern, sich in den Zeitungen groß tun oder einfach beim Stricken wider seinen Nachbarn Übles reden; aber in gewissen Fällen ist das Weitermachen, das bloße Weitermachen etwas Übermenschliches. Und er war kein Übermensch, das dürfen Sie mir glauben. Er hat seine Todesangst herausgeschrien, und darum liebe ich ihn, meinen Freund, der da starb mit der Frage auf den Lippen.
Das Unglück besteht darin, daß er uns alleingelassen hat, auf daß wir weitermachen, was auch geschehe, selbst wenn wir im Un-Gemach hausen; wir wissen unsererseits, was er wußte, aber wir sind unfähig, zu tun, was er getan hat, und zu sterben wie er. Natürlich hat man versucht, seinen Tod als Krücke zu

gebrauchen. Im Grunde genommen war es ein Geniestreich, uns zu sagen: »Ihr seid nicht gerade ansehnlich, das ist unbestreitbar. Nun, wir wollen das nicht im einzelnen untersuchen. Das werden wir alles in einem Aufwaschen auf dem Kreuz erledigen!« Aber jetzt klettern zu viele Leute bloß aufs Kreuz, damit man sie aus größerer Entfernung sieht, selbst wenn sie zu diesem Zweck einen, der sich schon so lange dort befindet, ein bißchen mit Füßen treten müssen. Zu viele Leute haben beschlossen, ohne Großmut auszukommen und dafür Nächstenliebe zu üben. O über das Unrecht, das Unrecht, das man ihm angetan hat und das mir das Herz zusammenschnürt!
Aber halt, jetzt fange ich schon wieder an zu plädieren! Verzeihen Sie. Sie müssen verstehen, daß ich meine Gründe habe. Schauen Sie, ein paar Straßen von hier gibt es ein Museum mit dem Namen *Unser Heiland auf dem Dachboden*. Zu jener Zeit hatten sie ihre Katakomben unter dem Dach. Hierzulande werden die Keller eben überschwemmt. Aber seien Sie unbesorgt, heute befindet sich ihr Heiland weder auf dem Estrich noch im Keller. Sie haben ihn in der geheimsten Kammer ihres Herzens auf einen Richterstuhl gehißt, und nun schlagen sie drein; vor allem richten sie, richten in seinem Namen. Er sagte voll Milde zur Ehebrecherin: »So verdamme ich dich auch nicht!« Das stört sie nicht, sie verdammen, sie sprechen niemand los. »Da hast du dein Teil im Namen des Herrn!« Des Herrn? So viel verlangte er gar nicht, mein Freund. Er wollte, daß man ihn liebe, nicht mehr. Gewiß gibt es Leute, die ihn lieben, sogar unter

den Christen. Aber ihre Zahl ist klein. Er hatte das
übrigens humorvoll vorausgesehen. Petrus – Sie wissen doch, die Memme Petrus – verleugnet ihn: »Ich
kenne den Menschen nicht ... Ich weiß nicht, was du
sagst ...« und so weiter. Er übertrieb es wirklich!
Und der Herr machte ein Wortspiel: »Super hanc
petram ... auf diesen Felsen will ich bauen meine
Gemeinde.« Weiter konnte man die Ironie nicht gut
treiben, finden Sie nicht auch? Doch nein, sie frohlocken abermals! »Seht doch, er hatte es gesagt!« Er
hatte es in der Tat gesagt, er kannte das Problem
genau. Und dann ist er für immer gegangen und hat
sie richten und verdammen lassen mit der Vergebung
auf den Lippen und dem Richtspruch im Herzen.

Denn man kann fürwahr nicht behaupten, es gebe
kein Mitleid mehr! Um Himmels willen nein, wir
hören ja nicht auf, davon zu reden! Nur spricht man
niemand mehr frei. Auf der toten Unschuld wimmelt
es von Richtern, von Richtern aller Rassen, denen
Christi und denen des Antichrist, die sich übrigens
nicht voneinander unterscheiden, da sie sich im Un-
Gemach geeint haben. Denn man darf nicht allein
den Christen alle Schuld zuschieben. Die anderen sind
genausogut dabei. Wissen Sie, was aus einem der
Häuser geworden ist, die Descartes in dieser Stadt
bewohnte? Ein Irrenhaus! Ja, der Wahnsinn hat alle
erfaßt, und die Verfolgung ebenfalls. Auch wir sind
natürlich gezwungen, mitzutun. Sie haben feststellen
können, daß ich keine Schonung walten lasse, und ich
weiß, daß Sie Ihrerseits gleich denken. Da wir denn
alle Richter sind, sind wir alle voreinander schuldig,

jeder auf seine häßliche Menschenart ein Christus, einer um den anderen ans Kreuz geschlagen und da sterbend, mit der Frage auf den Lippen. Wir wären es wenigstens, wenn ich, Johannes Clamans, nicht den Ausweg gefunden hätte, die einzige Lösung, kurzum die Wahrheit...
Nein, ich höre schon auf, verehrter Freund, seien Sie unbesorgt! Ich verabschiede mich jetzt übrigens, wir sind bei meiner Haustür angelangt. In der Einsamkeit, und noch dazu, wenn man müde ist, hält man sich nun einmal gerne für einen Propheten. Schließlich und endlich bin ich auch wirklich einer, der sich in eine Wüste von Stein, Nebelbrodem und fauligem Wasser geflüchtet hat, ein hohler Prophet für klägliche Zeiten, ein Elias ohne Messias, von Fieber und Alkohol geschüttelt, den Rücken an diese moderige Tür gelehnt, den Zeigefinger gegen den tief hängenden Himmel erhoben, Menschen ohne Gesetz, die kein Gericht ertragen, mit meinen Verwünschungen bedeckend. Denn sie vermögen es nicht zu ertragen, mein Lieber, das ist des Pudels Kern. Wer einem Gesetz anhängt, fürchtet das Gericht nicht, denn es stellt ihn in eine Ordnung, an die er glaubt. Die höchste aller menschlichen Martern ist indessen, ohne Gesetz gerichtet zu werden, und in eben dieser Marter leben wir. Ihrer natürlichen Hemmung beraubt, legen die vom Zufall entfesselten Richter sich ins Zeug. Da muß man doch wohl versuchen, ihnen zuvorzukommen? Und schon haben wir den großen Schlamassel. Die Zahl der Propheten und Quacksalber schwillt an, sie sputen sich, mit einem guten Gesetz oder einer

untadeligen Organisation anzukommen, ehe die Erde leer ist. Ich bin zum Glück angekommen! Ich bin das Ende und der Anfang, ich verkünde das Gesetz. Kurz, ich bin Buß-Richter.

Ja, ja, morgen werde ich Ihnen sagen, worin dieser schöne Beruf besteht. Übermorgen fahren Sie weg? Wir haben also wenig Zeit. Besuchen Sie mich doch zu Hause, wenn Sie mögen; Sie müssen dreimal läuten. Sie kehren nach Paris zurück? Paris ist fern, Paris ist schön, ich habe es nicht vergessen. Ich erinnere mich an seine Dämmerstunden, ungefähr zur gleichen Jahreszeit wie jetzt. Trocken und knisternd senkt sich der Abend über die rauchblauen Dächer, dumpf grollt die Stadt, die Seine scheint aufwärts zu fließen ... Dann irrte ich in den Straßen umher. Aber heute abend irren Sie umher, ich weiß es! Sie irren umher und geben vor, der müden Frau, dem freudlosen Zuhause entgegenzuhasten ... Ach, mein Freund, wissen Sie, was es heißt, einsam in der großen Stadt umherzuirren? ...

Es ist mir äußerst unangenehm, Sie im Bett zu empfangen. Nichts Schlimmes, ein wenig Fieber, das ich mit Wacholder behandle. Ich bin solche Anfälle gewöhnt. Es wird wohl die Malaria sein, die ich mir zugezogen habe, als ich Papst war. Nein, ich scherze nicht, oder nur halb. Ich weiß, daß Sie denken, es sei recht schwierig, in meinen Worten Wahr und Falsch zu unterscheiden. Ich muß gestehen, daß Sie nicht unrecht haben. Ich selber ... Sehen Sie, ein Bekannter von mir pflegte die Menschen in drei Gruppen einzuteilen: die einen möchten lieber nichts zu verbergen haben als lügen müssen; die anderen möchten lieber lügen als nichts zu verbergen haben; und die dritten schließlich lieben das Lügen und das Verbergen gleichermaßen. Ich überlasse es Ihnen, die Kategorie zu wählen, in die ich am besten passe.

Was tut's übrigens? Bringen die Lügen einen nicht letzten Endes auf die Spur der Wahrheit? Und zielen meine Geschichten, die wahren so gut wie die unwahren, nicht alle auf den gleichen Effekt ab, haben sie nicht alle den gleichen Sinn? Was hat es da zu besagen, ob ich es erlebt oder erfunden habe, wenn sie doch in beiden Fällen für das bezeichnend sind, was ich war und was ich bin? Man durchschaut den Lügner manchmal besser als einen, der die Wahrheit spricht. Die Wahrheit blendet wie grelles Licht. Wohingegen die Lüge ein milder Dämmerschein ist, der jedem

Ding Relief verleiht. Nun, ob Sie es glauben oder
nicht, ich wurde in einem Gefangenenlager zum Papst
gewählt.
Nehmen Sie doch bitte Platz. Sie schauen sich in meinem Zimmer um ... Kahl ist es allerdings, doch sauber. Ein Vermeer ohne Möbel und Kochtöpfe. Auch
ohne Bücher. Ich habe seit langem aufgehört zu
lesen. Früher war mein Haus voll von halbgelesenen
Büchern. Das ist ebenso widerlich wie die Unart jener
Leute, die eine Gänseleberpastete anknabbern und
den Rest wegwerfen. Ich liebe übrigens nur mehr
Bekenntnisbücher, doch die Verfasser solcher Beichten
schreiben in erster Linie, um nicht zu beichten, um
nichts von dem zu verraten, was sie wissen. Gerade
wenn sie tun, als wollten sie jetzt mit der Sprache
herausrücken, gilt es auf der Hut zu sein, dann fängt
nämlich die Schönfärberei an. Glauben Sie es mir, ich
bin vom Bau. Da habe ich nicht viel Federlesens gemacht: keine Bücher mehr, keine unnützen Gegenstände, nichts als das unbedingt Notwendige, alles
glatt und sauber wie ein neuer Sarg. In diesen harten,
mit makellosen Laken bezogenen holländischen Betten stirbt man übrigens bereits in einem Leichentuch,
gleichsam in Reinheit einbalsamiert.
Sie möchten gerne Näheres über meine Erlebnisse als
Papst erfahren? Ach, wissen Sie, es war gar nichts
Besonderes dabei. Ob ich wohl die Kraft habe, Ihnen
davon zu erzählen? Ja, mir scheint, das Fieber fällt ...
Es ist so lange her ... Ich war damals in Afrika, wo
dank Herrn Rommel der Krieg loderte. Nein, ich war
nicht daran beteiligt, keine Bange, wie ich auch um

den Krieg in Europa herumgekommen war. Natürlich war ich eingezogen, doch stand ich nie im Feuer. In gewissem Sinn bedaure ich es. Vielleicht hätte das manchem eine andere Wendung gegeben. Jedenfalls benötigte die französische Armee mich nicht an der Front. Sie verlangte nur meine Teilnahme am Rückzug. Anschließend kehrte ich nach Paris zurück und erlebte die deutsche Besetzung. Die Widerstandsbewegung fing damals an, von sich reden zu machen, und reizte mich ungefähr in dem Augenblick, da ich meine patriotische Gesinnung entdeckte. Sie lächeln? Sehr zu Unrecht. Ich machte meine Entdeckung in der Untergrundbahn, in den Gängen der Station Châtelet. Ein Hund hatte sich in das Labyrinth verirrt. Er war groß und struppig, hatte ein geknicktes Ohr und lustige Augen; er strolchte umher und beschnupperte die Waden, die da vorbeigingen. Ich liebe Hunde seit eh und je mit treuer Zärtlichkeit. Ich liebe sie, weil sie immer verzeihen. So lockte ich auch diesen, und er, sichtlich von mir angetan, blieb mit begeistertem Schwanzwedeln unweit von mir stehen. In dem Moment überholte mich ein junger, schneidiger deutscher Soldat. Im Vorbeigehen kraulte er dem Hund den Kopf. Ohne Zögern schloß das Tier sich ihm mit unveränderter Begeisterung an und verschwand mit ihm. Meine zornige Enttäuschung und die Art Wut, die ich auf den deutschen Soldaten hatte, zwangen mich wohl oder übel zu der Feststellung, daß ich als Patriot empfand. Wäre der Hund einem französischen Zivilisten gefolgt, hätte ich keinen Gedanken daran verschwendet. Wenn ich mir

dieses nette Tier hingegen als Maskottchen eines deutschen Regiments vorstellte, sah ich rot. Das war die Probe aufs Exempel.
Ich begab mich in die unbesetzte Zone mit der Absicht, mich über die Widerstandsbewegung zu informieren. Aber einmal dort und informiert, zögerte ich. Das Unternehmen schien mir ein bißchen verrückt und, um ganz offen zu sein, zu romantisch. Ich glaube vor allem, daß die unterirdische Tätigkeit weder meinem Temperament noch meiner Vorliebe für luftige Höhen entsprach. Mir schien, man mute mir zu, Tag für Tag und Nacht für Nacht in einem Keller an einem Teppich zu wirken, bis ein paar Rohlinge mich aufstöbern, zuerst meinen Teppich auftrennen und mich dann in einen anderen Keller schleppen würden, um mich dort zu Tode zu prügeln. Ich bewunderte die Menschen, die sich diesem Heldentum der Tiefe verschrieben, aber ich vermochte nicht, es ihnen gleichzutun.
Ich setzte also nach Nordafrika über und beabsichtigte mehr oder weniger, von dort aus nach London zu gehen. Aber die Lage in Afrika war ein bißchen konfus; die sich befehdenden Parteien schienen mir gleichermaßen recht zu haben, so daß ich meinen Plan aufgab. Ich sehe Ihrem Gesicht an, daß Sie finden, ich gehe verdächtig rasch über diese immerhin bedeutungsvollen Details hinweg. Nun, ich könnte vielleicht sagen, daß ich Sie, verehrter Freund, nach Ihrem wahren Wert einschätze und nicht näher auf diese Einzelheiten eingehe, damit sie Ihnen um so mehr auffallen. Wie dem auch sei, ich gelangte schließlich

nach Tunesien, wo eine holde Freundin mir Arbeit wußte. Diese Freundin, eine höchst gescheite Person, war beim Film. Ich folgte ihr nach Tunis und erfuhr ihre wahre Tätigkeit erst nach der alliierten Landung in Algerien. An jenem Tag wurde sie von den Deutschen verhaftet; ich auch, aber ganz unfreiwillig. Ich weiß nicht, was aus ihr geworden ist. Mir für mein Teil tat man nichts zuleide, und nachdem ich große Ängste durchgestanden hatte, merkte ich, daß es sich vor allem um eine Sicherheitsmaßnahme handelte. Ich wurde in der Nähe von Tripolis in einem Lager interniert, in dem man mehr unter Durst und Entbehrungen schlechthin litt als unter grausamer Behandlung. Ich will es Ihnen nicht weiter beschreiben. Wir Kinder dieser Jahrhundertmitte brauchen keine anschaulichen Schilderungen, um uns derartige Orte vorstellen zu können. Vor hundertfünfzig Jahren brachten Seen und Wälder das Gemüt zum Schwingen. Heute stimmen Lager und Gefängniszellen uns lyrisch. Ich überlasse die Ausmalung also vertrauensvoll Ihrer Phantasie. Fügen Sie nur noch ein paar Einzelheiten hinzu: die Hitze, die senkrecht herabbrennende Sonne, den Wassermangel, die Fliegen, den Sand.

Unter meinen Mitgefangenen befand sich ein junger Franzose, der an Gott glaubte. Wahrhaftig, es tönt wie ein Märchen! Vom Schlage eines Löwenherz, wenn Sie so wollen. Von Frankreich aus war er nach Spanien in den Kampf gezogen. Der katholische General hatte ihn interniert, und die Feststellung, daß in den franquistischen Lagern die Suppe sozusagen den Segen Roms empfing, war ihm tief zu Herzen gegangen. Später hatte es ihn nach Afrika verschlagen, aber weder der hohe Himmel der Wüste noch die Muße des Lagerlebens hatten diese Traurigkeit von ihm nehmen können. Indessen hatten sein Nachsinnen und auch die Sonne ihn ein wenig seinem Normalzustand entrückt. Eines Tages, da wir ungefähr unser zehn unter einem von geschmolzenem Blei triefenden Zelt uns keuchend der Fliegen zu erwehren suchten, verfiel er wieder in seiner Brandrede gegen den, den er den Römer nannte. Aus seinem von mehrtägigen Bartstoppeln bedeckten Gesicht blickten verstörte Augen, auf seinem nackten Oberkörper perlte der Schweiß, seine Finger trommelten leise auf seine hervortretenden Rippen. Er erklärte uns, es müsse ein neuer Papst her, je eher desto besser, und zwar einer, der inmitten der Unglücklichen lebe, anstatt auf einem Thron zu beten. Den Kopf hin- und herwiegend, starrte er uns aus irren Augen an. »Ja«, wiederholte er, »je eher desto besser!« Dann wurde er auf einmal ruhig und sagte mit tonloser Stimme, wir müßten ihn unter uns wählen, einen ganzen Menschen mit all seinen Fehlern und Vorzügen aussuchen und ihm Gehorsam schwören unter der einzigen Bedingung, daß er sich verpflichte, bei sich selber und bei den anderen die Gemeinschaft unserer Leiden lebendig zu erhalten. »Welcher unter uns hat die meisten Schwächen?« fragte er. Zum Scherz hob ich den Finger und blieb der einzige, der solches tat. »Gut, wir nehmen Johannes.« Nein, das sagte er natürlich nicht, denn damals trug ich ja einen anderen Namen. Indessen erklärte

er, wenn einer sich selber bezeichne, so wie ich es getan habe, müsse er auch die größte Tugend besitzen, und er schlug vor, mich zu wählen. Die anderen stimmten ihm bei, zum Spaß wohl, doch auch mit einem Anflug von Ernst. Denn Löwenherz hatte uns in der Tat beeindruckt. Ich selber vermochte, glaube ich, auch nicht ganz frei zu lachen. Einmal fand ich, mein kleiner Prophet habe recht, und zum zweiten hatten die Sonne, die erschöpfende Arbeit und der Kampf um das Wasser uns irgendwie unserem normalen Selbst entfremdet. Wie dem auch sei, ich übte mein Papstamt mehrere Wochen lang mit ständig wachsendem Ernst aus.
Worin es bestand? Nun, ich war so etwas wie ein Gruppenführer oder Kommissar. Auf jeden Fall nahmen die anderen, selbst die Nicht-Gläubigen, die Gewohnheit an, mir zu gehorchen. Löwenherz litt; ich verwaltete sein Leiden. Da merkte ich, daß Papstsein gar nicht so leicht ist, wie man glaubt, und erst gestern noch, nachdem ich Ihnen so verächtlich von unsern Brüdern, den Richtern, gesprochen hatte, mußte ich wieder daran denken. Das wichtigste Problem im Lager war die Wasserverteilung. Andere Gruppen hatten sich gebildet, politische und konfessionelle, und eine jede begünstigte ihre Anhänger. Ich sah mich also gezwungen, meinerseits meine Kameraden zu bevorzugen, was bereits eine kleine Konzession darstellte. Sogar unter uns vermochte ich keine vollkommene Gleichheit aufrechtzuerhalten. Je nach dem Zustand meiner Gefährten oder der Arbeit, zu der sie kommandiert waren, begünstigte ich diesen oder jenen.

Diese Unterscheidungen können weit führen, das dürfen Sie mir glauben. Doch bin ich wirklich müde und habe keine Lust mehr, an diese Zeit zurückzudenken. Ich will bloß hinzufügen, daß ich an dem Tag das Tüpfelchen aufs i setzte, da ich das Wasser eines sterbenden Kameraden trank. Nein, nein, nicht Löwenherz; er war, wenn ich mich recht besinne, bereits tot, er hatte zu sehr gedarbt. Und zudem hätte ich, wäre er noch dagewesen, ihm zuliebe länger widerstanden, denn ich liebte ihn, ja, ich liebte ihn, wenigstens will mir das so scheinen. Aber das Wasser habe ich getrunken, daran besteht kein Zweifel, und mir dabei eingeredet, die anderen hätten mich nötiger als diesen auf jeden Fall dem Tod geweihten Kameraden, und ich müsse mich ihretwegen am Leben erhalten. Auf diese Weise, mein Lieber, entstehen die großen Reiche und die Religionen: unter der Sonne des Todes. Und um meine gestrigen Reden etwas zu berichtigen, will ich Ihnen verraten, auf welch großartige Idee mich das Gespräch über all die Dinge gebracht hat, obwohl ich nicht einmal mehr weiß, ob ich sie erlebt oder geträumt habe. Meine großartige Idee aber ist die folgende: man muß dem Papst vergeben. Denn erstens hat er es nötiger als alle anderen, und zweitens ist es die einzige Möglichkeit, über ihm zu stehen.
Oh, die Türe! Haben Sie sie auch richtig geschlossen? Wirklich? Schauen Sie doch bitte nach. Verzeihen Sie, ich habe einen Riegel-Komplex. Im Augenblick des Einschlafens kann ich mich nie erinnern, ob ich den Riegel vorgeschoben habe. Jeden Abend muß ich nochmals aufstehen, um nachzusehen. Ich habe es

Ihnen schon gesagt, es gibt keine Gewißheit. Glauben Sie indessen nicht, diese Riegelangst sei ein Zittern um Besitz. Früher schloß ich weder meine Wohnung noch meinen Wagen je ab. Ich klammerte mich nicht an mein Geld, ich hing nicht an meiner Habe. Im Grunde genommen schämte ich mich ihrer ein bißchen. Kam es doch vor, daß ich im Schwung meiner in Gesellschaft gehaltenen Reden voll innerer Überzeugung ausrief: »Besitz, meine Herren, ist Mord!« Da ich nicht großherzig genug war, meine Schätze mit einem verdienstvollen Armen zu teilen, stellte ich sie zur Verfügung etwaiger Diebe und hoffte, auf diese Art die Ungerechtigkeit durch den Zufall wettzumachen. Heute besitze ich nebenbei bemerkt nichts mehr. Ich bin daher nicht für meine Sicherheit besorgt, sondern für mich selbst und meine geistige Frische. Außerdem lege ich Wert darauf, sorgsam den Zugang zu dem kleinen, in sich selbst geschlossenen Reich zu versperren, in dem ich König, Papst und Richter bin.

Da wir schon davon sprechen – öffnen Sie doch bitte jenen Wandschrank. Ja, schauen Sie das Bild ruhig an. Erkennen Sie es nicht? Es sind *Die unbestechlichen Richter*. Das läßt Sie kalt? Sollte Ihre Bildung Lücken aufweisen? Wenn Sie die Zeitung läsen, müßten Sie sich an den 1934 in Gent begangenen Diebstahl erinnern, als aus der Kathedrale St. Bavo eine Tafel des *Agnus Dei*, des berühmten Altarbildes von van Eyck, entwendet wurde. Diese Tafel hieß *Die unbestechlichen Richter* und stellte Richter dar, die sich zu Pferd aufgemacht haben, um das heilige Tier anzubeten. Man hat sie durch eine ausgezeichnete Kopie ersetzt, denn das Original blieb unauffindbar. Nun, hier ist es. Nein, ich war nicht daran beteiligt. Ein Stammgast vom *Mexico-City* – Sie haben ihn übrigens neulich gesehen – hat es eines Abends im Rausch um eine Flasche Fusel dem Gorilla verkauft. Zuerst habe ich unserem Freund geraten, es gut sichtbar aufzuhängen, und während man unsere frommen Richter auf der ganzen Welt suchte, thronten sie lange Zeit im *Mexico-City* über Trunkenbolden und Zuhältern. Später hat der Gorilla es mir auf meine Bitte hin in Verwahrung gegeben. Er sträubte sich zuerst ein wenig, aber als ich ihm den Sachverhalt erklärte, bekam er es mit der Angst zu tun. Seither bilden diese ehrenwerten Amtspersonen meine einzige Gesellschaft. Sie haben gesehen, was für eine Lücke sie in der Kneipe über der Theke hinterlassen haben.

Warum ich das Bild nicht zurückerstattet habe? Schau, schau, Sie entwickeln ja Polizeiinstinkte! Nun, ich will Ihnen sagen, was ich dem Untersuchungsrichter antworten würde, wenn bloß endlich einer auf den Gedanken verfiele, das Bild könnte in meinem Zimmer gelandet sein. Erstens, würde ich sagen, weil es nicht mir gehört, sondern dem Wirt im *Mexico-City*, der es mindestens so sehr verdient wie der Erzbischof von Gent. Zweitens, weil unter den Leuten, die vor dem *Agnus Dei* vorbeidefilieren, keiner die Kopie vom Original zu unterscheiden vermöchte und infolgedessen niemand durch meine Schuld zu Schaden kommt. Drittens, weil ich auf diese Weise allen überlegen bin. Falsche Richter werden der Welt zur

Bewunderung vorgeführt, und ich bin der einzige, der die echten kennt. Viertens, weil ich somit Aussicht habe, ins Gefängnis zu kommen, was in gewisser Hinsicht ein reizvoller Gedanke ist. Fünftens, weil diese Richter unterwegs sind zum Lamm, es kein Lamm und keine Unschuld mehr gibt und der geschickte Räuber, der die Tafel stahl, daher ein Werkzeug der unbekannten Gerechtigkeit war, der man nicht ins Handwerk pfuschen soll. Und letztlich, weil wir dadurch mit der Ordnung der Dinge in Einklang kommen. Die Gerechtigkeit ist endgültig von der Unschuld getrennt – die eine im Wandschrank, die andere am Kreuz –, und ich habe freie Hand, um nach Gutdünken zu schalten und zu walten. Ich kann mit gutem Gewissen den schwierigen Beruf eines Buß-Richters ausüben, den ich nach zahllosen mißglückten Ansätzen und Widersprüchen ergriffen habe und den Ihnen zu erläutern es jetzt, da Sie ja gleich wegfahren, höchste Zeit ist.

Gestatten Sie, daß ich mich zuerst noch etwas aufrichte, um leichter atmen zu können. Ach, wie müde bin ich! Setzen Sie bitte meine Richter wieder hinter Schloß und Riegel. Danke. Den Beruf eines Buß-Richters übe ich auch im gegenwärtigen Augenblick aus. Eigentlich befinden meine Amtsräume sich im *Mexico-City*. Aber die wahre Berufung beschränkt sich nicht auf die Arbeitsstätte. Selbst im Bett, selbst wenn ich Fieber habe, atme ich. Diesen Beruf übt man übrigens nicht aus, er ist die Luft, die man atmet, Tag und Nacht. Glauben Sie ja nicht, ich habe Ihnen zum bloßen Vergnügen fünf Tage lang so ausführliche

Reden gehalten. Ich habe früher genug leeres Stroh gedroschen. Jetzt verfolgen meine Worte einen Zweck. Natürlich zielen sie darauf ab, das Lachen zum Verstummen zu bringen und mich persönlich dem Urteil zu entziehen, obwohl es anscheinend keinen Ausweg gibt. Denn besteht das große Hindernis, das es uns unmöglich macht, ihm zu entgehen, nicht gerade darin, daß wir die ersten sind, uns zu verurteilen? Darum muß man als erstes die Verurteilung unterschiedslos auf alle ausdehnen, um sie dadurch bereits zu verwässern.
Keine Entschuldigung, nie und für niemand, das ist der Grundsatz, von dem ich ausgehe. Ich lasse nichts gelten, weder die wohlmeinende Absicht noch den achtbaren Irrtum, den Fehltritt oder den mildernden Umstand. Bei mir wird nicht gesegnet und keine Absolution erteilt. Es wird ganz einfach die Rechnung präsentiert: so und so viel macht es. Sie sind ein Sadist, ein Faun, ein Mythomane, ein Päderast, ein Künstler, und so weiter. Genau so. Kurz und bündig. In der Philosophie wie in der Politik bin ich somit Anhänger einer jeden Theorie, die dem Menschen die Unschuld abspricht, und einer jeden Praxis, die ihn als Schuldigen behandelt. Mein Lieber, Sie sehen in mir einen aufgeklärten Befürworter der Knechtschaft.
Denn ohne sie gibt es keine endgültige Lösung. Das habe ich sehr bald begriffen. Früher führte ich ständig die Freiheit im Munde. Beim Frühstück strich ich sie mir aufs Butterbrot, ich lutschte den ganzen Tag an ihr herum und schenkte der Welt einen köstlich mit

Freiheit erfrischten Atem. Mit diesem Schlagwort fiel ich über jeden her, der mir widersprach, ich hatte es in den Dienst meiner Wünsche und meiner Macht gestellt. Im Bett flüsterte ich es meinen schlafenden Gefährtinnen ins Ohr, und es half mir, sie abzuhängen. Ich flocht es in... Doch sachte, ich verliere vor Erregung das Maß. Es kam immerhin auch vor, daß ich einen selbstloseren Gebrauch von der Freiheit machte, sie sogar – beachten Sie meine Naivität – zwei- oder dreimal verteidigte, gewiß ohne für sie zu sterben, doch nicht ohne einige Gefahren auf mich zu nehmen. Man muß mir diese Unbesonnenheit nachsehen; ich wußte nicht, was ich tat. Ich wußte nicht, daß die Freiheit keine Belohnung ist und auch kein Orden, den man mit Sekt feiert. Auch kein Geschenk übrigens, keine Schachtel voll gaumenkitzelnden Naschwerks. O nein! Eine Fron ist sie im Gegenteil, ein sehr einsamer und erschöpfender Langlauf. Kein Sekt, keine Freunde, die ihr Glas erheben und einen liebevoll anblicken. Allein in einem trübseligen Saal, allein auf der Anklagebank den Richtern gegenüber, und allein, um vor sich selber oder dem Urteil der anderen seine Entscheidung zu treffen. Am Ende jeder Freiheit steht ein Urteilsspruch: darum ist die Freiheit zu schwer zu tragen, besonders wenn man Fieber oder Kummer oder niemand lieb hat.

Ach, mein Lieber, für den Einsamen, der keinen Gott und keinen Meister kennt, ist die Last der Tage fürchterlich. Man muß sich daher einen Meister suchen, denn Gott ist nicht mehr Mode. Das Wort Gott hat übrigens seinen Sinn verloren und ist nicht wert, daß man seinetwegen die Gefahr auf sich nimmt, irgendwo Anstoß zu erregen. Schauen Sie bloß unsre Moralisten an. Sie sind voll sittlichen Ernstes und Nächstenliebe und was sonst so dazugehört, und so trennt sie eigentlich nichts von den Christen, außer vielleicht der Umstand, daß sie nicht in den Kirchen predigen. Was hindert sie Ihrer Meinung nach daran, sich zu bekehren? Die Rücksicht vielleicht, die Rücksicht auf die Menschen? Ja, das ist es, die Rücksicht auf die Meinung der Welt. Sie wollen kein Ärgernis erregen und behalten darum ihre Gefühle für sich. So habe ich zum Beispiel einen atheistischen Romancier gekannt, der jeden Abend sein Gebet sprach. Das hinderte ihn keineswegs, in seinen Büchern aus Leibeskräften über Gott herzuziehen. Ein Verriß erster Klasse, wie man zu sagen pflegt! Ein streitbarer Freidenker, dem ich dies erzählte, hob – übrigens ohne böse Absicht – die Hände gen Himmel und seufzte: »Das ist mir leider nicht neu, sie sind alle gleich.« Wenn man diesem Apostel Glauben schenken darf, so würden achtzig Prozent unserer Schriftsteller den Namen Gottes schreiben und preisen, wenn sie ihre Bücher bloß anonym veröffentlichen könnten. Aber nach Ansicht dieses Mannes veröffentlichen sie nicht anonym, weil sie sich lieben, und preisen überhaupt nichts, weil sie sich verabscheuen. Da sie trotz allem nicht umhin können zu richten, halten sie sich an der Moral schadlos. Kurz gesagt, ihre Gottlosigkeit ist auf Tugend eingefärbt. Wir leben wahrscheinlich in einer kuriosen Zeit! Was Wunder, daß die Geister verwirrt sind und einer meiner Freunde, der nicht an

Gott glaubte, solange er ein untadeliger Ehegatte war, sich bekehrte, als er die Ehe brach!
Ha, die kleinen Duckmäuser, Komödianten und Heuchler, die zu allem Überfluß so etwas Rührendes haben! Glauben Sie mir, sie gehören allesamt dazu, selbst wenn sie den Himmel in Brand stecken. Ob sie nun Atheisten oder Frömmler sind, Materialisten in Moskau, Puritaner in Boston, alle sind sie Christen, vom Vater auf den Sohn. Aber eben, es gibt ja keinen Vater, kein Gebot mehr! Man ist frei und muß schauen, wie man sich aus der Affäre zieht; und weil sie vor allem nichts von der Freiheit und ihren Urteilssprüchen wissen wollen, beten sie, man möge ihnen auf die Finger klopfen, sie erfinden schreckliche Regeln und errichten eilends Scheiterhaufen, um die Kirche zu ersetzen. Lauter Savonarolas, sage ich Ihnen! Aber sie glauben immer nur an die Sünde, nie an die Gnade. Nicht etwa, daß sie nicht daran dächten! Denn Gnade möchten sie ja eben, ein Ja, die Hingabe, das Daseinsglück und, da sie auch sentimental sind, vielleicht das Verlöbnis, das unberührte junge Mädchen, den aufrechten Mann, die Musik. Soll ich Ihnen verraten, wovon ich zum Beispiel, der ich nicht sentimental bin, geträumt habe? Von einer vollkommenen, Leib und Seele erfüllenden Liebe, die in nicht aufhörender Umarmung schwelgt und sich in immer höhere Wonnen steigert, Tag und Nacht, fünf Jahre lang – und dann der Tod! Nun ja...
Und in Ermangelung von Verlöbnis oder immerwährender Liebe hält man sich dann eben an die Ehe in ihrer ganzen Roheit, mit Herrschergewalt und Peit-

sche. Hauptsache ist, daß alles einfach wird wie für die Kinder, daß jede Handlung befohlen wird, daß Gut und Böse auf willkürliche, das heißt also augenfällige Art gekennzeichnet sind. Und ich meinerseits, so sizilianisch und javanisch ich mich auch gebärde, bin ganz damit einverstanden; dabei bin ich alles andere als ein Christ, obwohl ich für den ersten unter ihnen Freundschaft empfinde. Aber auf den Brücken von Paris habe ich erfahren müssen, daß auch ich mich vor der Freiheit fürchtete. Hoch lebe also der Meister, wer immer er sei, wenn er nur das Gesetz des Himmels ersetzt. »Unser Vater, der du vorläufig auf Erden bist... Unsere herzerquickend strengen Führer und Befehlshaber, o grausame und vielgeliebte Gebieter...« Sie begreifen, was ich meine: wesentlich ist, nicht mehr frei zu sein und reumütig einem größeren Spitzbuben zu gehorchen, als man selber ist. Wenn wir alle schuldig sind, dann beginnt die Demokratie. Zudem, lieber Freund, ist es angezeigt, sich dafür zu rächen, daß man allein sterben muß. Der Tod ist einsam, während die Knechtschaft gemeinsam ist. Die anderen haben auch ihr Fett weg, und zwar gleichzeitig mit uns, darauf kommt es an. Endlich sind wir alle vereint, aber auf den Knien und gesenkten Hauptes.

Ist es etwa nicht empfehlenswert, sein Leben in Angleichung an die Gesellschaft einzurichten, und ist es zu diesem Zweck nicht vonnöten, daß die Gesellschaft mir gleicht? Einschüchterung, Entehrung und Polizei sind die Sakramente dieser Ähnlichkeit. Dann aber, verachtet, gehetzt und unterdrückt, kann ich zeigen, was ich vermag, mein Sein genießen, mich endlich ungekünstelt geben. Nachdem ich der Freiheit feierlich die Ehre erwiesen hatte, beschloß ich daher bei mir selber, sie sei ungesäumt in andere Hände zu legen, ganz gleich in welche. Und so oft sich Gelegenheit dazu bietet, predige ich in meiner Kirche, dem *Mexico-City*, und fordere das Volk auf, sich zu unterwerfen und demütig nach den Tröstungen der Knechtschaft zu trachten, selbst wenn sie dafür als die wahre Freiheit hingestellt werden muß.

Aber ich bin kein Narr; ich sehe durchaus ein, daß die Sklaverei nicht so bald verwirklicht werden kann. Die Zukunft zwar wird diese Wohltat bringen; wir aber leben in der Gegenwart, und so muß ich mich danach einrichten und zumindest eine provisorische Lösung suchen. So galt es denn, ein anderes Mittel zu finden, das mir erlaubte, das Urteil auf alle Menschen auszudehnen, um es auf meinen eigenen Schultern weniger schwer lasten zu spüren. Dieses Mittel habe ich gefunden. Öffnen Sie doch bitte das Fenster ein wenig, es herrscht eine unerträgliche Hitze in diesem Zimmer. Nicht zu weit, denn gleichzeitig friert mich auch! Meine Idee ist sowohl einfach als auch reich an Möglichkeiten. Wie bringt man es fertig, alle Leute unter die gleiche Dusche zu stellen, um das Recht zu haben, sich selber an der Sonne zu trocknen? Sollte ich mich wie so viele meiner illustren Zeitgenossen auf eine Kanzel hissen und der Menschheit fluchen? Ein höchst gefährliches Unterfangen! Eines Tages oder eines Nachts platzt aus heiterem Himmel das Lachen los. Der Urteilsspruch, den man über die anderen verhängt, fliegt einem zuletzt wie ein Bumerang geradewegs ins eigene Gesicht und richtet dort allerlei Verheerungen an. Was dann, fragen Sie? Nun, da eben kommt der Geniestreich. Ich habe entdeckt, daß wir in Erwartung der Meister und ihrer Züchtigungen den Gedankengang nach Kopernikus' Beispiel umkehren mußten, um den Sieg davonzutragen. Da es unmöglich war, die anderen zu verurteilen, ohne sich selbst allsogleich mitzurichten, mußte man sich selbst mit Anklagen überhäufen, um das Recht zu erlangen, die anderen zu richten. Da jeder Richter eines Tages zum Büßer wird, mußte man einfach den umgekehrten Weg einschlagen und den Beruf des Büßers ergreifen, um eines Tages zum Richter werden zu können. Leuchtet Ihnen das ein? Schön. Um mich jedoch ganz deutlich zu erklären, will ich Ihnen verraten, wie ich vorgehe.

Als erstes schloß ich meine Anwaltspraxis und ging auf Reisen. Ich suchte mich unter einem angenommenen Namen in irgendeiner Stadt niederzulassen, wo ich mit einer zahlreichen Kundschaft rechnen durfte. Es gibt deren viele auf der Welt, aber Zufall, Bequemlichkeit, Ironie und auch die Notwendigkeit einer gewissen Demütigung ließen mich eine von Wasser und Nebeln geprägte, von Kanälen umschnürte, von Menschen aus aller Herren Ländern wimmelnde Großstadt wählen. Ich habe meine Praxis in einer Kneipe des Matrosenviertels eingerichtet. Die Kundschaft der Häfen ist gar mannigfaltig. Die Armen begeben sich nie in die vornehmen Stadtviertel, während die Hochwohlgeborenen ausnahmslos

früher oder später einmal, wie Sie selbst haben feststellen können, in den verrufenen Gassen landen. Ganz besonders halte ich Ausschau nach dem Bürger, und zwar dem Bürger auf Abwegen; bei ihm erziele ich die befriedigendsten Resultate. Meisterhaft entlocke ich ihm die raffiniertesten Töne.
So übe ich denn seit einiger Zeit im *Mexico-City* meinen nützlichen Beruf aus. Wie Sie aus eigener Erfahrung wissen, besteht er in erster Linie darin, so oft es nur angeht, der öffentlichen Beichte obzuliegen. Ich klage mich also an, und zwar recht ausgiebig. Das bereitet mir weiter keine Schwierigkeiten, ich habe jetzt ein gutes Gedächtnis. Doch klage ich mich wohlgemerkt nicht etwa plump an, indem ich mich heftig an die Brust schlage. Ich laviere vielmehr äußerst geschickt und nehme unzählige Nuancen und auch Abschweifungen zu Hilfe, kurzum, ich stimme meine Rede auf den jeweiligen Zuhörer ab und bringe ihn dazu, noch lauter als ich in das gleiche Horn zu blasen. Ich vermenge die eigenen Belange mit dem, was die anderen betrifft. Ich stelle die gemeinsamen Züge heraus, die gemeinsamen Erfahrungen auch, die uns beschieden waren, die Schwächen, die wir teilen, den guten Ton, mit einem Wort den Mann von heute, wie er in mir und in den anderen sein Unwesen treibt. Mit diesen Zutaten fabriziere ich ein jedermann und niemand ähnliches Porträt. Eigentlich eher eine Maske, wie man sie am Karneval zu sehen bekommt, mit den zugleich naturgetreuen und stilisierten Zügen, bei deren Anblick man sich fragt: »Wo bin ich dem bloß schon begegnet?« Wenn das Bild fertig ist, so wie

heute abend, zeige ich es voll schmerzlicher Betrübnis vor: »So bin ich leider!« Die Anklagerede ist zu Ende. Im selben Augenblick wird das den Mitmenschen vorgehaltene Porträt zum Spiegel.
Mit Asche bedeckt, Haar um Haar ausraufend, das Gesicht mit Fingernägeln zerkratzt, aber mit durchdringendem Blick, so stehe ich vor der ganzen Menschheit und rekapituliere meine Schmach und Schande, ohne dabei den erzielten Effekt aus den Augen zu verlieren, und sage: »Ich war der gemeinste unter den Gemeinen.« Dann gleite ich unmerklich in meiner Rede vom *ich* zum *wir*. Bin ich erst beim *so sind wir* angelangt, ist das Spiel gewonnen, und ich kann ihnen die Leviten lesen. Ich bin wie sie alle, gewiß, wir rudern alle auf derselben Galeere. Indessen bin ich ihnen in einem überlegen: ich weiß es, und das verleiht mir das Recht, zu sprechen. Wie vorteilhaft das ist, kann Ihnen nicht entgehen, dessen bin ich gewiß. Je ausführlicher ich mich selbst anklage, desto eindeutiger habe ich das Recht, Sie zu richten. Mehr noch: ich provoziere Sie dazu, sich selbst zu richten, was mich entsprechend entlastet. Wahrhaftig, lieber Freund, wir sind merkwürdige, jämmerliche Kreaturen, und wenn wir im geringsten Rückschau auf unser Leben halten, ermangeln wir nicht der Gelegenheiten, uns über uns selbst zu erstaunen oder zu empören. Versuchen Sie es! Sie dürfen gewiß sein, daß ich Ihre eigene Beichte mit einem tiefen Gefühl der Brüderlichkeit anhören werde.
Lachen Sie nicht! Sie sind wirklich ein schwieriger Kunde, das habe ich auf den ersten Blick gemerkt.

Aber es ist ganz unvermeidlich, daß es auch mit Ihnen soweit kommen wird. Die meisten anderen sind eher sentimental als intelligent; man hat sie im Nu aus der Fassung gebracht. Den Intelligenten muß man Zeit lassen. Man muß ihnen die Methode gründlich erklären, das genügt. Sie vergessen sie nicht und denken darüber nach. Früher oder später werden sie sich halb im Spiel, halb aus Ratlosigkeit dazu bequemen, die Katze aus dem Sack zu lassen. Was Sie betrifft, nun, Sie sind nicht nur intelligent, Sie scheinen zudem ganz gut geeicht zu sein. Dessen ungeachtet werden Sie mir zugeben, daß Sie heute weniger mit sich zufrieden sind als vor fünf Tagen, oder? Ich werde nunmehr darauf warten, daß Sie mir schreiben oder wieder zu mir kommen. Denn Sie werden wiederkommen, das weiß ich ganz sicher! Sie werden mich unverändert finden. Warum sollte ich mich auch verändern, da ich das mir gemäße Glück gefunden habe? Ich habe ja gesagt zur Duplizität, anstatt sie untröstlich zu beklagen; ich habe mich sogar häuslich darin eingerichtet und dabei das Behagen gefunden, nach dem ich mein Leben lang gesucht hatte. Wenn ich es mir gut überlege, hatte ich übrigens unrecht, Ihnen zu sagen, das Wesentliche sei, dem Urteil zu entgehen. Das einzig Wesentliche ist, sich alles erlauben zu dürfen, selbst wenn man dafür von Zeit zu Zeit mit lautem Trommeln seine eigene Nichtswürdigkeit verkünden muß. Von neuem erlaube ich mir alles, und zwar diesmal ohne daß ein Lachen ertönt. Ich habe kein neues Leben angefangen, ich fahre fort, mich zu lieben und mich der anderen zu bedienen. Der einzige

Unterschied besteht darin, daß die Beichte meiner
Fehler mir erlaubt, mich ihnen unbekümmerter wieder zu überlassen und des doppelten Genusses teilhaftig zu werden, den mir mein eigenes Wesen und
der Reiz der Reue verschaffen.
Seitdem ich meine Lösung gefunden habe, überlasse
ich mich bedenkenlos allem, was sich bietet, den
Frauen, der Hoffart, dem Überdruß, dem Groll und
sogar dem Fieber, das ich eben wieder mit einem
wohligen Gefühl in mir aufwallen spüre. Jetzt endlich herrsche ich, und zwar für immer. Noch einmal
habe ich einen Gipfel gefunden, den zu erklimmen
ich der einzige bin und von dem aus ich alle Welt
richten kann. Bisweilen, ganz selten, in einer wahrhaft schönen Nacht, höre ich ein fernes Lachen, und
dann zweifle ich wieder. Aber im Nu begrabe ich
alles, Geschöpfe und Schöpfung, von neuem unter
dem Gewicht meiner eigenen Gebrechlichkeit, und
schon bin ich wieder im Strumpf.
Ich will also im *Mexico-City* Ihrer Huldigung harren, gleichgültig, wie lange sie auf sich warten läßt.
Nehmen Sie doch die Decke weg, ich kann kaum
atmen. Sie kommen bestimmt, nicht wahr? Ich will
Sie sogar in die Einzelheiten meiner Technik einweihen, denn ich habe so eine Art Zuneigung zu Ihnen
gefaßt. Sie werden sehen, wie ich meinen Schäflein
Nächte und Nächte lang beibringe, daß sie alle infam
sind. Gleich heute abend will ich übrigens wieder damit anfangen. Ich kann es einfach nicht entbehren,
genausowenig wie jene erhebenden Augenblicke, da
einer von ihnen, nicht zuletzt dank dem Alkohol,

zusammenbricht und sich an die Brust schlägt. Dann wachse ich, mein Lieber, wachse ins Unermeßliche, dann atme ich frei, ich stehe auf dem Gipfel des Berges, und zu meinen Füßen breitet sich die Ebene. Wie berauschend ist es doch, sich als Gott-Vater zu fühlen und unwiderrufliche Zeugnisse über schlechten Lebenswandel auszuteilen. Von meinen wüsten Engeln umgeben, throne ich am höchsten Punkt des holländischen Himmels und beobachte, wie die aus Nebeln und Wassern auftauchenden Scharen des Jüngsten Gerichts zu mir emporsteigen. Langsam, langsam erheben sie sich, gleich wird der erste da sein. In seinem verstörten, von der einen Hand halbverborgenen Gesicht lese ich die Trostlosigkeit des gemeinsamen Loses und die Verzweiflung, ihm nicht entgehen zu können. Ich aber bemitleide, ohne loszusprechen, verstehe, ohne zu vergeben, und vor allen Dingen spüre ich endlich, daß man mich anbetet!

Gewiß bin ich erregt, aber wie sollte ich schön fügsam liegen bleiben? Ich muß auf Sie herabsehen können, meine Gedanken heben mich empor. In jenen Nächten, in jenen grauenden Morgen vielmehr, denn der Fall ereignet sich immer bei Anbruch des Tages, begebe ich mich ins Freie und gehe beschwingten Schrittes den Kanälen entlang. Die Schichten der Federn im aschfahlen Himmel lichten sich, die Tauben steigen ein wenig höher, ein rosiger Schimmer leckt den Rand der Dächer und verkündet einen neuen Tag meiner Schöpfung. Auf dem Damrak bimmelt in der feuchten Luft die Glocke der ersten Straßenbahn zur Tagwacht des Lebens in diesem Zipfel Europas, während

in allen Ländern des Kontinents zu eben dieser Sekunde Hunderte von Millionen Menschen, ausnahmslos meine Untertanen, seufzend, mit einem bitteren Geschmack auf der Zunge, das Bett verlassen, um freudlos ihrer Arbeit entgegenzugehen. Dann lasse ich meinen Geist über all die mir unbewußt hörigen Länder hinschweifen, dann schlürfe ich das absinthfarbene Licht des anbrechenden Morgens, und trunken von bösen Worten fühle ich mich endlich glücklich, ja glücklich, sage ich Ihnen, und ich verbiete Ihnen, daran zu zweifeln, daß ich glücklich bin, zum Sterben glücklich! O Sonne, o Gestade, und ihr von Passatwinden gekosten Inseln, o Jugend, verzweiflungbringende Erinnerung!
Verzeihen Sie, wenn ich mich jetzt wieder hinlege. Ich fürchte, meine Gefühle sind mit mir durchgegangen; aber meinen Sie ja nicht, ich weine! Es kommt vor, daß man nicht mehr aus noch ein weiß und an den offenkundigsten Tatsachen zweifelt, selbst wenn man die Geheimnisse eines mühelosen Lebens entdeckt hat. Natürlich ist meine Lösung nicht ganz ideal. Aber wenn man sein eigenes Leben nicht liebt und weiß, daß man ein anderes anfangen muß, bleibt einem ja keine Wahl, nicht wahr? Was tun, um ein anderer zu werden? Unmöglich. Dann müßte man schon niemand mehr sein, sich für irgend jemand selbst vergessen, wenigstens ein einziges Mal. Aber wer? Tadeln Sie mich nicht zu hart. Ich gleiche jenem alten Bettler, der eines Tages in einem Café meine Hand nicht loslassen wollte. »Ach, wissen Sie, Monsieur«, sagte er, »man ist ja nicht eigentlich ein schlech-

ter Mensch, aber man verliert das Licht.« So ist es, wir haben das Licht verloren, die Morgenröte, die heilige Unschuld dessen, der sich selbst vergibt.
Schauen Sie bloß, es schneit! Oh, ich muß hinaus! Das schlafende Amsterdam in der Weiße der Nacht, die Kanäle wie dunkle Jade unter den verschneiten Brückchen, die menschenleeren Straßen, mein lautloser Schritt – die flüchtige Reinheit vor dem morgigen Kot. Sehen Sie die riesigen Flocken, die zerzaust an den Fensterscheiben zerklatschen? Das sind die Tauben, kein Zweifel. Endlich entschließen sie sich, herabzufahren, die Viellieben, sie bedecken Wasser und Dächer mit einer mächtigen Schicht von Federn, sie flattern vor allen Fenstern. Welch eine Invasion! Hoffen wir, daß sie die frohe Botschaft bringen. Alle Welt errettet, was! Nicht nur die Erwählten! Reichtum und Mühsal gerecht verteilt, und Sie zum Beispiel werden von heute an um meinetwillen auf dem blanken Fußboden schlafen. Mit einem Wort, alle Saiten der Leier! Kommen Sie, geben Sie schon zu, daß Ihnen vor Staunen der Mund offenbliebe, wenn plötzlich ein Wagen vom Himmel käme, um mich zu holen, oder wenn auf einmal der Schnee zu brennen anfinge. Das scheint Ihnen unwahrscheinlich? Mir auch. Aber hinaus muß ich doch.
Schon gut, ich bleibe ja liegen, regen Sie sich nicht auf! Trauen Sie übrigens meinen rührseligen Anwandlungen nicht zu sehr, so wenig wie meinen wilden Wahnreden: beide verfolgen eine Absicht. So werde ich jetzt gleich erfahren, sobald Sie von sich selbst zu sprechen beginnen, ob eines der Ziele meiner

atemraubenden Beichte erreicht ist. Ich hoffe nämlich immer, daß einer meiner Gesprächspartner sich einmal als Polizist entpuppen und mich für den Diebstahl der *Unbestechlichen Richter* verhaften wird. Sonst, Sie verstehen, gibt es keine Möglichkeit, mich festzunehmen. Dieser Diebstahl jedoch fällt unter die Bestimmungen des Strafgesetzbuches, und ich habe nichts unterlassen, um mich zum Mitschuldigen zu machen. Ich bin der Hehler dieses Bildes und zeige es vor, so oft ich nur kann. Angenommen, Sie verhaften mich, das wäre schon ein guter Anfang. Vielleicht würde man sich dann auch mit allem übrigen befassen und mich beispielsweise enthaupten; ich aber hätte keine Angst mehr vor dem Sterben und wäre gerettet. Dann würden Sie meinen noch lebenswarmen Kopf über das versammelte Volk erheben, auf daß es sich in ihm erkenne und ich es abermals beispielhaft beherrsche. So wäre denn alles vollbracht, und ich hätte meine Laufbahn als falscher Prophet, der in der Wüste ruft und sich weigert, sie zu verlassen, ganz unversehens beendet.

Aber natürlich sind Sie nicht von der Polizei, das wäre viel zu einfach. Wie bitte? Also doch! Irgendwie habe ich es geahnt. Die seltsame Zuneigung, die ich für Sie empfand, hatte demnach ihren Sinn. Sie üben in Paris den schönen Beruf eines Anwalts aus! Ich spürte genau, daß wir beide einer Art sind. Denn sind wir uns nicht alle gleich, die wir unablässig reden, und zwar ins Leere, die wir Tag für Tag die gleichen Fragen vorgelegt bekommen, obwohl wir die Antwort im voraus kennen? So erzählen Sie mir doch bitte, was Ihnen eines Abends am Ufer der Seine widerfahren ist und wie Sie es fertiggebracht haben, Ihr Leben nie aufs Spiel zu setzen. Sprechen Sie selbst die Worte aus, die seit Jahren nicht aufgehört haben, in meinen Nächten zu widerhallen, und die ich letztich durch Ihren Mund sprechen will: »O Mädchen, stürze dich nochmals ins Wasser, damit ich ein zweites Mal Gelegenheit habe, uns beide zu retten!« Ein zweites Mal, ha! welch ein Leichtsinn! Stellen Sie sich doch vor, lieber Herr Kollege, man nähme uns beim Wort! Dann müßten wir ja springen! Brr, das Wasser ist so kalt! Aber keine Bange! Jetzt ist es zu spät, es wird immer zu spät sein. Zum Glück!

Bibliothek Suhrkamp
Alphabetisches Verzeichnis

Adorno: Literatur 1 47
- Literatur 2 71
- Literatur 3 146
- Literatur 4 395
- Mahler 61
- Minima Moralia 236
- Über Walter Benjamin 260
Aitmatow: Dshamilja 315
Alain: Die Pflicht glücklich zu sein 470
Alain-Fournier: Der große Meaulnes 142
- Jugendbildnis 23
Alberti: Zu Lande zu Wasser 60
Anderson: Winesburg, Ohio 44
Andrić: Hof 38
Andrzejewski: Appellation 325
- Jetzt kommt das Ende über dich 524
Arghezi: Kleine Prosa 156
Artmann: Gedichte 473
- Husaren 269
Asturias: Legenden 358
Bachmann: Malina 534
Ball: Flametti 442
- Hermann Hesse 34
Barnes: Antiphon 241
- Nachtgewächs 293
Baroja: Shanti Andía, der Ruhelose 326
Barthelme: City Life 311
Barthes: Die Lust am Text 378
Baudelaire: Gedichte 257
Bayer: Vitus Bering 258
Becher: Gedichte 453
Becker: Jakob der Lügner 510
Beckett: Erste Liebe 277
- Erzählungen 82
- Glückliche Tage 98
- Mercier und Camier 327
- Residua 254
- That Time/Damals 494
- Verwaiser 303
- Wie es ist 118
Belyj: Petersburg 501
Benjamin: Berliner Chronik 251
- Berliner Kindheit 2
- Denkbilder 407
- Einbahnstraße 27
- Über Literatur 232
Benn: Weinhaus Wolf 202
Bernhard: Amras 489
- Der Präsident 440
- Die Berühmten 495
- Die Jagdgesellschaft 376
- Die Macht der Gewohnheit 415
- Ignorant 317
- Midland 272
- Verstörung 229
Bibesco: Begegnung m. Proust 318
Bioy-Casares: Morels Erfindung 443
Blixen: Babettes Gastmahl 480
Bloch: Erbschaft dieser Zeit 388
- Schiller 234
- Spuren. Erweiterte Ausgabe 54
- Thomas Münzer 77
- Verfremdungen 1 85
- Verfremdungen 2 120
- Zur Philosophie der Musik 398
Block: Sturz 290
Böll: Geschichten 221
Bond: Lear 322
Borchers: Gedichte 509
Brecht: Die Bibel 256
- Flüchtlingsgespräche 63
- Gedichte und Lieder 33
- Geschichten 81
- Hauspostille 4
- Klassiker 287
- Messingkauf 140
- Me-ti 228
- Politische Schriften 242
- Schriften zum Theater 41

- Svendborger Gedichte 335
- Turandot 206
Breton: L'Amour fou 435
- Nadja 406
Broch: Demeter 199
- Esch 157
- Gedanken zur Politik 245
- Hofmannsthal und seine Zeit 385
- Huguenau 187
- James Joyce 306
- Magd Zerline 204
- Pasenow 92
Brudziński: Rote Katz 266
Busoni: Entwurf einer neuen Ästhetik der Tonkunst 397
Camus: Der Fall 113
- Jonas 423
- Ziel eines Lebens 373
Canetti: Der Überlebende 449
Capote: Die Grasharfe 62
Carpentier: Barockkonzert 508
- Das Reich von dieser Welt 422
Celan: Ausgewählte Gedichte 264
- Gedichte 1 412
- Gedichte 2 413
Césaire: Geburt 193
Cortázar: Geschichten der Cronopien und Famen 503
Cocteau: Nacht 171
Conrad: Jugend 386
Curtius: Marcel Proust 28
Döblin: Berlin Alexanderplatz 451
Duras: Herr Andesmas 109
Ehrenburg: Julio Jurenito 455
Eich: Aus dem Chinesischen 525
- Gedichte 368
- In anderen Sprachen 135
- Katharina 421
- Marionettenspiele 496
- Maulwürfe 312
- Träume 16
Einstein: Bebuquin 419
Eliade: Das Mädchen Maitreyi 429
- Die Sehnsucht nach dem Ursprung 408

- Die Pelerine 522
- Mântuleasa-Straße 328
Eliot: Das wüste Land 425
- Gedichte 130
Faulkner: Der Bär 56
- Wilde Palmen 80
Fitzgerald: Taikun 91
Fleißer: Abenteuer 223
- Ein Pfund Orangen 375
Freud: Briefe 307
- Leonardo da Vinci 514
Frisch: Andorra 101
- Bin 8
- Biografie: Ein Spiel 225
- Homo faber 87
- Tagebuch 1946-49 261
Fuentes: Zwei Novellen 505
Gadamer: Vernunft im Zeitalter der Wissenschaft 487
- Wer bin Ich und wer bist Du? 352
Gadda: Die Erkenntnis des Schmerzes 426
- Erzählungen 160
Giraudoux: Simon 73
Gorki: Zeitgenossen 89
Green: Der Geisterseher 492
Gründgens: Wirklichkeit des Theaters 526
Guillén: Ausgewählte Gedichte 411
Habermas: Philosophisch-politische Profile 265
Haecker: Tag- und Nachtbücher 478
Hamsun: Hunger 143
- Mysterien 348
Hašek: Partei 283
Heimpel: Die halbe Violine 403
Hemingway: Der alte Mann 214
Herbert: Ein Barbar in einem Garten 536
- Herr Cogito 416
- Im Vaterland der Mythen 339
- Inschrift 384
Hermlin: Der Leutnant Yorck von Wartenburg 381

Hesse: Briefwechsel m. Th. Mann 441
- Demian 95
- Eigensinn 353
- Glaube 300
- Glück 344
- Iris 369
- Knulp 75
- Kurgast 329
- Legenden 472
- Morgenlandfahrt 1
- Musik 483
- Narziß und Goldmund 65
- Politische Betrachtungen 244
- Siddhartha 227
- Steppenwolf 226
- Stufen 342
- Vierter Lebenslauf 181
- Wanderung 444
Highsmith: Als die Flotte im Hafen lag 491
Hildesheimer: Cornwall 281
- Hauskauf 417
- Lieblose Legenden 84
- Masante 465
- Tynset 365
Hofmannsthal: Gedichte und kleine Dramen 174
Hohl: Nuancen und Details 438
- Vom Erreichbaren 323
- Weg 292
Horkheimer: Die gesellschaftliche Funktion der Philosophie 391
Horváth: Don Juan 445
- Glaube Liebe Hoffnung 361
- Italienische Nacht 410
- Kasimir und Karoline 316
- Von Spießern 285
- Wiener Wald 247
Hrabal: Moritaten 360
Huchel: Ausgewählte Gedichte 345
Hughes: Sturmwind auf Jamaika 363
- Walfischheim 14
Humo: Trunkener Sommer 67

Inoue: Jagdgewehr 137
- Stierkampf 273
Iwaszkiewicz: Höhenflug 126
Jacob: Würfelbecher 220
James: Die Tortur 321
Jouve: Paulina 271
Joyce: Anna Livia Plurabelle 253
- Dubliner 418
- Giacomo Joyce 240
- Kritische Schriften 313
- Porträt des Künstlers 350
- Stephen der Held 338
- Die Toten/The Dead 512
- Verbannte 217
Kafka: Der Heizer 464
- Die Verwandlung 351
- Er 97
Kasack: Stadt 296
Kasakow: Larifari 274
Kaschnitz: Gedichte 436
- Orte 486
- Vogel Rock 231
Kästner: Aufstand der Dinge 476
- Zeltbuch von Tumilat 382
Kawabata: Träume i. Kristall 383
Kawerin: Ende einer Bande 332
- Unbekannter Meister 74
Koeppen: Jugend 500
- Tauben im Gras 393
Kołakowski: Himmelsschlüssel 207
Kolář: Das sprechende Bild 288
Kracauer: Freundschaft 302
- Ginster 107
Kraft: Franz Kafka 211
- Spiegelung der Jugend 356
Kraus: Nestroy und die Nachwelt 387
- Sprüche 141
Krolow: Alltägliche Gedichte 219
- Fremde Körper 52
- Nichts weiter als Leben 262
Kudszus: Jaworte 252
Lampe: Septembergewitter 481
Landolfi: Erzählungen 185
Landsberg: Erfahrung des Todes 371

Lasker-Schüler: Mein Herz 520
Leiris: Mannesalter 427
Lem: Das Hohe Schloß 405
– Der futurologische Kongreß 477
– Robotermärchen 366
Lenz: Dame und Scharfrichter 499
– Der Kutscher und der Wappenmaler 428
Levin: James Joyce 459
Llosa: Die kleinen Hunde 439
Loerke: Anton Bruckner 39
– Gedichte 114
Lorca: Bluthochzeit/Yerma 454
Lucebert: Gedichte 259
Majakowskij: Ich 354
– Politische Poesie 182
Mandelstam: Briefmarke 94
Mann, Heinrich: Die kleine Stadt 392
– Politische Essays 209
Mann, Thomas: Briefwechsel mit Hermann Hesse 441
– Leiden und Größe der Meister 389
– Schriften zur Politik 243
Marcuse: Triebstruktur 158
Maurois: Marcel Proust 286
Mayer: Brecht in der Geschichte 284
– Goethe 367
Mayoux: James Joyce 205
Michaux: Turbulenz 298
Miller, Henry: Lächeln 198
Minder: Literatur 275
Mishima: Nach dem Bankett 488
Mitscherlich: Idee des Friedens 233
– Versuch, die Welt besser zu bestehen 246
Musil: Tagebücher 90
– Törleß 448
Neruda: Gedichte 99
Nizan: Das Leben des Antoine B. 402
Nossack: Beweisaufnahme 49

– Der Untergang 523
– Interview 117
– Nekyia 72
– November 331
– Sieger 270
Nowaczyński: Schwarzer Kauz 310
O'Brien, Der dritte Polizist 446
Onetti: Die Werft 457
Palinurus: Grab 11
Pasternak: Initialen 299
– Kontra-Oktave 456
Pavese: Das Handwerk des Lebens 394
– Mond 111
Paz: Das Labyrinth der Einsamkeit 404
Penzoldt: Patient 25
– Squirrel 46
Perse: Winde 122
Piaget: Weisheit und Illusionen der Philosophie 362
Pirandello: Mattia Pascal 517
Plath: Ariel 380
– Glasglocke 208
Platonov: Baugrube 282
Ponge: Im Namen der Dinge 336
Portmann: Vom Lebendigen 346
Poulet: Marcel Proust 170
Pound: ABC des Lesens 40
– Wort und Weise 279
Proust: Briefwechsel mit der Mutter 239
– Pastiches 230
– Swann 267
– Tage der Freuden 164
– Tage des Lesens 400
Queneau: Stilübungen 148
– Zazie in der Metro 431
Radiguet: Der Ball 13
– Teufel im Leib 147
Ramuz: Erinnerungen an Strawinsky 17
Rilke: Ausgewählte Gedichte 184
– Das Testament 414
– Der Brief des jungen Arbeiters 372

- Duineser Elegien 468
- Ewald Tragy 537
- Gedichte an die Nacht 519
- Malte 343
- Über Dichtung und Kunst 409
Ritter: Subjektivität 379
Roa Bastos: Menschensohn 506
Roditi: Dialoge über Kunst 357
Roth, Joseph: Beichte 79
- Die Legende vom heiligen Trinker 498
Rulfo: Der Llano in Flammen 504
- Pedro Páramo 434
Sachs, Nelly: Gedichte 161
- Verzauberung 276
Sarraute: Martereau 145
- Tropismen 341
Sartre: Kindheit 175
Schadewaldt: Der Gott von Delphi 471
Schickele: Die Flaschenpost 528
Schmidt, Arno: Leviathan 104
Scholem: Judaica 1 106
- Judaica 2 263
- Judaica 3 333
- Walter Benjamin 467
Scholem-Alejchem: Tewje 210
Schröder: Der Wanderer 3
Schulz: Die Zimtläden 377
Schwob: 22 Lebensläufe 521
Seelig: Wanderungen mit Robert Walser 554
Seghers: Aufstand 20
- Räuber Woynok 458
- Sklaverei 186
Sender: König und Königin 305
Shaw: Handbuch des Revolutionärs 309
- Haus Herzenstod 108
- Heilige Johanna 295
- Helden 42
- Kaiser von Amerika 359
- Mensch und Übermensch 129
- Pygmalion 66
- Selbstbiographische Skizzen 86

- Vorwort für Politiker 154
- Wagner-Brevier 337
Simon, Claude: Seil 134
Šklovskij: Kindheit 218
- Sentimentale Reise 390
Solschenizyn: Matrjonas Hof 324
Stein: Erzählen 278
- Paris Frankreich 452
Strindberg: Am offenen Meer 497
- Fräulein Julie 513
- Traumspiel 553
Suhrkamp: Briefe 100
- Der Leser 55
- Munderloh 37
Svevo: Ein Mann wird älter 301
- Vom alten Herrn 194
Synge: Der Held 195
- Die Aran-Inseln 319
Szaniawski: Der weiße Rabe 437
Szondi: Celan-Studien 330
- Satz und Gegensatz 479
Thoor: Gedichte 424
Tomasi di Lampedusa: Der Leopard 447
Trakl: Gedichte 420
Valéry: Die fixe Idee 155
- Eupalinos 370
- Herr Teste 162
- Über Kunst 53
- Windstriche 294
- Zur Theorie der Dichtkunst 474
Valle-Inclán: Tyrann Banderas 430
Vallejo: Gedichte 110
Vittorini: Die rote Nelke 136
Walser, Martin: Ehen in Philippsburg 527
Walser, Robert: Der Gehülfe 490
- Geschwister Tanner 450
- Jakob von Gunten 515
- Prosa 57
Waugh, Wiedersehen mit Brideshead 466
Weiss: Hölderlin 297
- Trotzki im Exil 255

Wilde: Die romantische Renaissance 399
– Dorian Gray 314
Williams: Die Worte 76
Witkiewicz: Wasserhuhn 163
Wittgenstein: Gewißheit 250

Woolf: Die Wellen 128
– Granit 59
Yeats: Die geheime Rose 433
Zimmer: Kunstform und Yoga 482
Zweig: Die Monotonisierung der Welt 493